光文社文庫

文庫書下ろし／長編時代小説

御《お》刀《かたな》番《ばん》 左《ひだり》京之介 妖刀始末

藤井邦夫

光 文 社

この作品は光文社文庫のために書下ろされました。

『御刀番《おかたなばん》 左《ひだり》 京之介 妖刀始末』目次

第一章　妖刀村正

一

稲妻は夜の闇を切り裂き、風は降りしきる雨を斬り合う男たちに激しく叩き付けた。

雨に濡れた小柄な武士は、血走った眼を据えて襲い掛かる番士たちを斬り棄てた。刀身に纏わり付いた血脂《ちあぶら》は、叩き付ける雨に一瞬で消えた。そして、刀は妖しい紫色の輝きを仄《ほの》かに漂わせた。

小柄な武士は、物の怪《もののけ》にでも取り憑《つ》かれたような甲高い奇声をあげて笑い、殺到する番士たちを無造作に斬り棄てた。

番士たちは、妖しい輝きを漂わせる刀に吸い寄せられるように斬り掛かっては斃《たお》れた。

斬り死にした番士の顔は、雨に洗われて何故か穏やかなものだった。

稲妻は走り、風は吹き荒れ、雨は踊り狂うが如くに叩き付けた。

小柄な武士は狂ったように哄笑《こうしょう》し、二尺二寸の刀は妖しい紫色の輝きを放った。


夜——。

早駕籠《はやかご》は、掛け声を合わせて三縁山増上寺《さんえんざんぞうじょうじ》大門前を駆け抜け、愛宕下大名小路《あたごしただいみょうこうじ》にある駿河国《するが》汐崎《しおざき》藩江戸上屋敷に辿《たど》り着いた。

汐崎藩江戸上屋敷には既に問屋場《といやば》の先触れが着いており、番士や中間《ちゅうげん》が表門を開けて待っていた。

早駕籠は、汐崎藩江戸上屋敷表門に駆け込み、玄関前に到着した。

鉢巻に襷《たすき》掛けの武士が、到着した早駕籠から疲れ果てて転がるように降りた。

番士たちは、鉢巻に襷掛けの武士を抱えるようにして屋敷内に連れ込んだ。

奥御殿に続く長い廊下は、突き当たりに置かれた大行燈《おおあんどん》の明かりに淡く輝いていた。

背の高い武士は、黒い影となって落ち着いた足取りで大行燈に進んだ。

その横顔は、大行燈の明かりを受けて深い陰影を刻み、穏やかなものだった。

背の高い武士は、大行燈の手前を右に曲がって尚も進んだ。

大行燈の明かりは不安げに揺れた。


燭台《しょくだい》の火は、仄かに辺りを照らしていた。

「納戸方御刀番《なんどおかたなばん》、左京之介《ひだりきようのすけ》。お召しにより参上致しました」

男の静かな声がした。

「入るが良い」

汐崎藩五万石藩主の堀田宗憲《ほったむねのり》は、その声に微《かす》かな苛立ちを窺《うかが》わせた。

「はっ……」

背の高い武士は、音もなく障子を開けて入って来て宗憲に平伏した。

座敷には、堀田宗憲の他に江戸家老の梶原頼母《かじわらたのも》と納戸頭《なんどがしら》の広瀬仁左衛門《ひろせにざえもん》が厳しい面持ちでいた。

国許からきた早駕籠が凶報をもたらした……。

背の高い武士は、事態を読んだ。

「左京之介……」

江戸家老の梶原頼母が、苦渋に満ちた声を僅《わず》かに引き攣《つ》らせた。

「はい……」

左京之介と呼ばれた背の高い武士は、梶原頼母の苦渋に満ちた老顔を見詰めた。

「御刀蔵から刀が一振り奪われた」

「刀が……」

京之介は眉をひそめた。

「京之介、盗まれたのは蓮華村正《れんげむらまさ》だ」

宗憲は、苛立たしげに告げた。

「蓮華村正……」

京之介は緊張した。

蓮華村正は、伊勢《いせ》国桑名《くわな》の刀工の打った刀であり、茎《なかご》に〝妙法蓮華経〟の題目が刻まれていた。そして、汐崎城の御刀蔵奥深くに厳重に納められていた。

その蓮華村正が奪われた。

「そうだ、奪われたのだ」

宗憲は、腹立たしげに頷いた。

「奪った者は……」

「京之介、それが多聞新八郎《たもんしんぱちろう》なのだ」

納戸頭の広瀬仁左衛門が、満面に困惑を浮かべた。

「多聞新八郎……」

京之介は戸惑った。

多聞新八郎は、納戸方の一人であり京之介同様に広瀬の配下だった。

「左様……」

「あの新八郎が何故《なにゆえ》に……」

京之介は、小柄で何事にも控え目な多聞新八郎を思い浮かべた。

「分からぬ。分からぬが、番士四人を斬り殺し、五人に深手を負わせて逃げ去ったとの事だ……」

広瀬は、困惑と怒りを交錯させた。

「左京之介……」

宗憲は、苛立たしげに京之介を呼んだ。

「はっ……」

京之介は姿勢を正した。

「蓮華村正を秘蔵していたと将軍家の知る処《ところ》になれば、我が藩はどのような咎《とが》めを受けるか分からぬ。下手をすれば逆心《ぎゃくしん》ありとして余《よ》は切腹、藩は取り潰しを免れぬ。その方、納戸方刀番として直ちに国許に帰り、多聞新八郎を討ち果たし、蓮華村正を一刻も早く取り戻せ」

宗憲は、厳しい面持ちで命じた。

「ははっ。確《しか》と承《うけたまわ》りました」

京之介は平伏した。


江戸から駿河国汐崎藩までは四十余里。

左京之介は、侍長屋に戻って旅仕度を整え、〝左〟の一文字の銘《めい》を刻んだ父祖伝来の脇差《わきざし》を帯び、大刀を手にして表門に向かった。

表門には、江戸家老の梶原と納戸頭の広瀬たちが、馬を用意して待っていた。

「京之介、汐崎藩の命運、その方に掛かっている。吉報を待っているぞ」

「頼むぞ、京之介……」

梶原と広瀬は、京之介に不安げな眼差しを向けた。

「はっ……」

京之介は、微笑みを浮かべて頷き、素早く馬に跨《また》がった。

「参る」

京之介は、番士と中間に告げた。

番士と中間が表門を開けた。

「では……」

京之介は、言葉少なに挨拶をして馬に鞭《むち》を入れた。

馬は京之介を乗せ、汐崎藩江戸上屋敷から駆け出した。

京之介は、梶原と広瀬たちに見送られ、愛宕下大名小路の汐崎藩江戸上屋敷を出立《しゅったつ》した。

京之介は馬を走らせ、高輪《たかなわ》の大木戸《おおきど》と品川《しながわ》宿を一気に抜けて東海道を下った。

徳川の世、伊勢国桑名の刀工・村正の作った刀は徳川《とくがわ》家に仇《あだ》なす妖刀とされた。妖刀の謂《いわ》れは、徳川家康《いえやす》の祖父・清康《きよやす》が家来の阿部弥七郎《あべやしちろう》に斬殺され、父・広忠《ひろただ》がやはり家来の岩松八弥《いわまつはちや》によって深手を負わされた時の刀だったことや嫡男の信康《のぶやす》切腹時の介錯《かいしやく》刀が村正だったのに起因する。そして、家康自身も村正の槍で手傷を負った事などもあり、村正は徳川家に祟《たた》る不吉な妖刀とされた。以来、徳川家は村正の刀を廃棄し、譜代《ふだい》大名や旗本《はたもと》は勿論、外様《とざま》の大名も所持を憚《はばか》るようになった。

そして、秘かに村正を隠し持っていた大名や旗本は、徳川家に逆心ありとして厳しく咎められた。

駿河国汐崎藩は譜代大名であり、藩祖が村正を好んで御刀蔵奥深くに秘蔵して今日に至っていた。

もし、村正秘蔵の事実が将軍家に知れると、藩主堀田宗憲は切腹を免れず、汐崎藩は厳しい沙汰を覚悟しなければならないのだ。

左京之介は、宿場の問屋場で馬を乗り継いで東海道を駿河に急いだ。

程ヶ谷《ほどがや》、戸塚《とつか》、藤沢《ふじさわ》、平塚《ひらつか》の宿を駆け抜けた京之介は、大磯《おおいそ》から小田原《おだわら》に向かった。


左京之介の祖先は筑前《ちくぜん》国の刀工であり、銘は常に〝左〟の一文字を刻む処から、その刀は〝左文字〟と呼ばれた。

京之介は、刀工・左《ひだり》の支流の家の者であり、曽祖父の代から武士として堀田家に仕えた。そして、家柄から刀剣の目利《めき》きとして汐崎藩納戸方御刀番となり、父祖代々の役目としてきた。

御刀番は、藩主の佩刀《はいとう》や家宝とされる刀剣の管理をし、時には切腹する武士の介錯や試し斬りなども役目とした。

左家は、曽祖父の代から剣の道を修行した左霞《ひだりかすみ》流を名乗る剣の家でもあった。

京之介自身、左霞流の使い手だった。


夜、京之介は江戸から二十里二十丁の小田原城下に到着した。

京之介は、小田原城下で漸《ようや》く馬を降り、宿を取った。

翌早朝、箱根《はこね》の関所が明け六つ（午前六時）に開くのを待って小田原城下を出立した。

汐崎藩まで残る道程は二十里余り。

箱根の関所を通った京之介は、伊豆《いず》の三島《みしま》宿を通って駿河国に入って一気に馬を走らせた。

沼津《ぬまづ》、原宿《はらしゆく》、吉原《よしわら》、蒲原《かんばら》、由井《ゆい》、興津《おきつ》の宿を駆け抜けた京之介は、江尻《えじり》宿から清水湊《しみずみなと》に向かった。そして、清水湊で馬を降り、一里ほど進んで汐崎藩の領内に入った。

京之介は、小さな峠から眼下に広がる海を眺めた。

海は夕陽に煌《きら》めいていた。

汐崎藩領内は、家中のただならぬ気配が広まったのか微かな緊張に覆われていた。

京之介は、汐崎城に向かわず、夕暮れ時を待って城下外れにある己の屋敷に入った。

左屋敷には、隠居した父親の嘉門《かもん》が平八《へいはち》おときの老下男夫婦、小者《こもの》の佐助《さすけ》と暮らしていた。

京之介は、左屋敷の表門を潜った。

すかさず背後に人の気配が湧《わ》いた。

「佐助か……」

京之介は、立ち止まりもせずに訊いた。

「お早いお戻りで……」

佐助の苦笑混じりの若々しい声が、背後から追って来た。

「そうか……」

京之介は、玄関脇の腰掛けで土埃《つちぼこり》に塗《まみ》れた旅装を解き始めた。

「御隠居さまは、帰るとしたら明日辺りだろうと……」

佐助は、京之介の介添えをしながら告げた。

「父上にお変わりはないか……」

「はい」

「そうか、水を浴びる」

「風呂が沸いています」

「ありがたい。流石《さすが》は佐助……」

京之介は微笑んだ。

「いいえ……」

佐助は、日焼けした顔を綻《ほころ》ばせた。


京之介は、風呂からあがって父親の左嘉門に挨拶をした。

下男の平八おときの老夫婦は、京之介が無事に江戸から帰って来た祝いにささやかな膳を仕度した。

嘉門たちは、京之介が国許に帰って来た理由に気付いていた。

「御苦労だな……」

嘉門は、京之介を労《ねぎら》った。

「して、多聞新八郎、今、何処にいるか御存知ですか……」

「佐助の話では、久能山《くのうざん》の麓《ふもと》に潜んでいるそうだ」

「家中の目付《めつけ》たちは、それを知っているのですか……」

「知っていたとしても、四人を斬殺し、五人に深手を負わせた多聞新八郎だ。目付たちも恐れをなし、迂闊《うかつ》に手出し出来ぬのであろう」

嘉門は苦笑した。

「それにしても多聞新八郎、いつの間にそれ程の使い手になったのか……」

京之介は眉をひそめた。

「然程《さほど》の剣の使い手ではなかったのか……」

「はい。背丈は五尺余りで痩せており、武芸よりも学問を得意としていた筈……」

「ならば、やはり村正か……」

嘉門は、白髪眉をひそめた。

「村正……」

京之介は、厳しさを滲ませた。

「左様。妖刀蓮華村正、手にした者を狂わせ血を求める。専《もっぱ》らの噂だ」

嘉門は、家中に広まっている噂を告げた。

「さあて、噂が本当かどうかは分かりませんが、殿は多聞新八郎を討ち果たし、蓮華村正を一刻も早く取り戻せとの仰せ。明日、夜明けとともに久能山の麓に行ってみます」

「うむ。佐助を伴うが良い」

「はい……」

京之介は頷いた。

「それから、これを使うが良い」

嘉門は、京之介に一振りの刀を差し出した。

「これは……」

京之介は、差し出された刀を見詰めた。

「我が祖先の打った左文字の一刀……」

「左文字の太刀は、江雪《こうせつ》左文字の一振りしか残されておらぬと……」

「それは、世に出た左文字……」

嘉門は、小さな笑みを浮かべた。

「御免……」

京之介は、姿勢を正して刀を手に取り、静かに抜き放った。

刀は、長さ二尺三寸、身幅《みはば》は一寸半のやや広め、僅かな反《そ》りで刃文《はもん》は直刃《すぐは》調に小乱れ、沸《にえ》は美しく冴え渡っていた。

まさに左文字の一刀……。

おそらく茎《なかご》には、〝左〟の一文字が刻まれている筈だ。

京之介は、見定めて小さな吐息を洩らした。

「世に出ておらぬ左文字の一刀。我が家に秘かに伝えられて来た霞《かすみ》左文字……」

「霞左文字……」

京之介は、左家の剣の流派名である〝左霞流〟と拘《かか》わりがあるのに気付いた。

「左様、我が剣の左霞流の名は、この一刀に由来している」

「然程の左文字を……」

京之介は、霞左文字の刀身を見詰めた。

「相手は妖刀で名高い村正。我が家秘伝の霞左文字なら後れを取るまい……」

嘉門は告げた。

「父上……」

「妖刀村正は人を変えるようだ。情け容赦は無用ぞ」

嘉門は、厳しく云い放った。

「はい……」

京之介は頷き、霞左文字を見詰めた。

霞左文字の刀身は、燭台の明かりを受けて美しく輝いた。


夜明け前、京之介は佐助を伴って久能山の麓に急いだ。

久能山は、神君家康公が最初に葬られた処であり、山頂に東照宮《とうしょうぐう》があった。その後、家康は日光《にっこう》に改葬された。だが、久能山の東照宮は、その後も上野《うえの》や水戸《みと》の東照宮と共に家康公の墓所の一つとされていた。

京之介は、佐助に誘《いざな》われて久能山の麓に進んだ。

左家小者の佐助は、子供の頃に旅の軽業《かるわざ》一座から逃げ出した。だが、親方に捕まって厳しい折檻《せっかん》を受けた時、嘉門に助けられた。

嘉門は、故郷に戻れと告げた。しかし、孤児の佐助に帰る故郷はなかった。以来、佐助は左家に住み着き、京之介と共に育った。

軽業師あがりの佐助は、心利《き》いた若者に成長して嘉門や京之介の為に働いた。

朝霧は揺れていた。

京之介は、厳しい面持ちで朝霧に覆われた久能山を見上げた。

東照宮に続く道の先は、朝霧の彼方に消えていた。

「多聞新八郎さまは、山の東側を流れている川の傍にいる筈です」

佐助は、秘かに久能山に入り、多聞新八郎の居所を突き止めていた。

「よし。多聞の許に急ごう」

「はい……」

佐助は、東照宮に続く道の東側にある獣道に入った。

京之介は続いた。


朝霧は陽が昇ると共に消えた。

京之介と佐助は、獣道を進み続けた。

やがて、川のせせらぎの音が聞こえた。

京之介と佐助は、茂みを進んで川を窺《うかが》った。

川の傍に人影は見えなかった。

「京之介さま……」

佐助は、険しい面持ちで辺りを窺い、人のいないのを見定めた。

「うむ……」

京之介も人の気配がないのを見定め、茂みから川原に降りた。

佐助は続いた。

川原には、せせらぎの音の他に小鳥の囀《さえず》りが長閑《のどか》に響き渡っていた。

「川上です……」

佐助は、川の上流に向かった。

京之介は続いた。

腰に帯びた霞左文字は、まるで差し慣れた刀のように己の存在を言い張らず、京之介の身体に寄り添っていた。

不意に小鳥の囀りが消えた。

佐助は足を止めた。

京之介は、佐助が川の流れの向こうの岩場を見詰めているのに気付いた。

「川の向こうの岩場か……」

「はい。微かに人の叫び声が……」

佐助は眉をひそめた。

京之介は、川のせせらぎを渡って反対側の川原を岩場に急いだ。

佐助が続いた。

男の怒声と刀の咬み合う音が、微かに聞こえた。

京之介は、岩場の上に登った。

岩場の向こうの川原では、数人の武士が激しく斬り合っていた。

多聞新八郎と久能山東照宮の番士たちだった。

おそらく東照宮の番士たちは、見廻りをしていて多聞新八郎と出遭ったのだ。

「京之介さま……」

佐助は、微かに声を震わせた。

「多聞新八郎だ……」

京之介は眉をひそめた。

新八郎は、逃げ惑う番士たちを追い廻して斬り棄てていた。そこに情け容赦はなく、残虐さだけが満ち溢れていた。

まるで別人、知っている多聞新八郎ではない……。
京之介は、己の眼を疑った。
「東照宮の番士です。どうします」
佐助は、京之介の出方を窺った。
東照宮の番士は、公儀勘定《かんじょう》奉行配下に繋《つな》がっている。
番士を助けると、汐崎藩の家臣の凶行が公儀に知れる。
京之介は、迷い躊躇《ためら》った。

二

下手な真似は出来ぬ……。
京之介は、心を鬼にして冷徹に見守った。
新八郎は、番士たちを残らず斬り棄て、乱れた息を鳴らした。
斬られて倒れた番士たちは、微かな呻きやすすり泣きを洩らした。
新八郎は、残忍な笑みを浮かべて微かな呻きやすすり泣きを洩らしている番士に止《とど》めを刺そうとした。

「多聞新八郎……」

京之介は堪《こら》えられず、思わず新八郎に鋭い声を投げ掛けた。

新八郎は、血走った眼を京之介に向けた。

京之介は、岩場を蹴って川原に飛び降りた。

「左京之介……」

多聞新八郎は、血走った眼に酷薄な笑みを滲ませて京之介と対峙した。その手に握られた刀の切っ先から血が滴《したた》り落ちた。

蓮華村正……。

京之介は、血に汚れた蓮華村正が仄《ほの》かな輝きを漂わせているのに気付いた。

「新八郎、蓮華村正を渡して貰おう」

京之介は、新八郎にゆっくりと近付いた。

佐助は、岩場の陰で見守った。

「俺を斬りに来たか……」

「上意だ……」

「そうは参らぬ……」

新八郎は、酷薄な笑みを浮かべて蓮華村正を青眼《せいがん》に構えた。

隙の多い構えだ……。

京之介は、新八郎の隙の多い青眼の構えに戸惑った。

これで人を斬って来たのか……。

多聞新八郎は、京之介の知っている学問好きの新八郎でしかない。その新八郎に人を斬らせているのは、妖刀蓮華村正なのかもしれない。

京之介は、推し量った。

刹那、新八郎は奇声をあげて京之介に斬り掛かった。

京之介は、素早く横手に跳んで新八郎の鋭い斬り込みを躱《かわ》した。だが、二の太刀が煌めき、京之介を襲った。

京之介は、咄嗟に身体を捩《よじ》り、辛うじて二の太刀を躱した。

頰に赤い糸のような血が浮いた。

京之介は戸惑った。

思いも寄らない鋭い攻撃は、新八郎と云うより蓮華村正のものなのだ。

京之介がそう気付いた時、新八郎が残忍に笑いながら斬り付けた。

京之介は、背後に大きく跳び退いて霞左文字を抜いて構えた。

新八郎は怯《ひる》んだ。

「新八郎、腹を切れ。介錯は引き受けた」

京之介は、落ち着いた声音で告げた。

奪った蓮華村正を返して腹を切りさえすれば、残された家族や一族に迄、累は及ばないかもしれない。

「黙れ、京之介……」

新八郎は、京之介に激しく斬り付けた。

京之介は、大きく踏み込んで新八郎の脇を素早く擦り抜け、振り返りながら袈裟懸けの一刀を放った。

霞左文字は閃光となった。

新八郎は、咄嗟に身を投げ出して躱した。

京之介は、新八郎に迫った。

新八郎は片膝をつき、横薙《な》ぎの一刀を鋭く放った。

京之介は跳び退いた。

新八郎は、跳ね起きて川のせせらぎを走り渡った。

水飛沫が飛び散り、眩しく煌めいた。

「待て、新八郎……」

京之介は呼び止めた。

新八郎は振り向いた。

「京之介、俺を追うな。追えば、畏《おそ》れながらと公儀に蓮華村正を持ち込む……」

新八郎は嘲《あざけ》りを浮かべた。

「なに……」

「そして、汐崎藩が徳川家に仇なす村正を隠し持っていた事実を公儀に伝える」

新八郎は、汐崎藩が一番恐れている弱味を衝《つ》いてきた。

京之介は、新八郎の凶行の理由を問い質《ただ》した。

「新八郎、何故の所業《しょぎょう》だ」

「京之介、父祖代々の僅かな扶持米《ふちまい》での宮仕え。不意に惨めで虚しくなった。それだけの事よ……」

新八郎は、顔を醜く歪めて己を嘲笑《あざわら》った。

嘲笑には、微かな哀しさが窺われた。

「新八郎……」

「京之介、今はこれ迄だ」

新八郎は、京之介を遮って身を翻した。

「待て……」

京之介は、追い掛けようとした。

次の瞬間、京之介は背後に迫る矢羽根《やばね》の音に気付き、振り向き態《ざま》に霞左文字を一閃した。

両断された半弓の矢が、軽い音を立てて川原に落ちた。

半弓の矢は、京之介に次々と飛来した。

京之介は、飛来する半弓の矢を素早く斬り落として岩陰に潜んだ。

何者だ……。

京之介は、半弓の矢が飛来した崖を窺った。

人影は見えなかった。

せせらぎは軽やかな音を鳴らし、小鳥の囀りが蘇った。

半弓を射た者は消えた。

京之介は、新八郎を捜した。だが、その姿は既に何処にも見えなかった。

新八郎を庇《かば》う者がいる……。

半弓の矢が、新八郎を追い掛けようとする京之介を狙って射られたのは確かだ。

京之介は、霞左文字に拭《ぬぐ》いを掛けて鞘《さや》に納めた。

佐助が岩場から現れ、倒れている東照宮の番士たちの様子を検《あらた》めた。

「息のある者はいるか……」

「いいえ……」

佐助は、深々と吐息を洩らした。

「如何《いか》に汐崎藩の為とは申せ、気の毒な事をした。許してくれ」

京之介は、微かな安堵を覚えながら番士たちの死体に手を合わせた。

「何者ですかね」

佐助は、半弓の矢が飛んできた崖の上を見上げた。

「うむ……」

多聞新八郎を庇って半弓の矢を射掛けて来た者がいる限り、蓮華村正を奪った事件の背後には何者かが潜んでいるのだ。

京之介は、想いを巡《めぐ》らせた。

背後に潜む者は、汐崎藩家中にいる……。

勘が不意に囁いた。

京之介は、微かな緊張を覚えた。

潜んでいるのが汐崎藩家中の者だとすると、事は多聞新八郎だけでは済まない。

新八郎と汐崎藩家中に何かあるのか……。

京之介は、その辺を探る必要があるのに気付いた。

風が吹き抜け、木々の梢は大きく揺れた。


汐崎藩五万石の城下は東海道から外れており、行き交う旅人も滅多にいない静かな町だった。だが、多聞新八郎が蓮華村正を奪って逐電《ちくでん》して以来、役人たちの見廻りや各所で木戸検めが厳しくなった。

領民たちは、詳しい事情を知らされないままに厳しい検問と緊張を強《し》いられていた。

汐崎城は、沈鬱《ちんうつ》さに覆われていた。

京之介は、学問所で机を並べた島村甚内《しまむらじんない》の屋敷に向かった。

島村甚内は、先祖代々藩の鳥見方組頭の役目に就いていた。

〝鳥見方〟とは、殿さまの御鷹場《おたかば》を管理し、密猟の取締りなどをするのが役目だった。

京之介は、島村屋敷を訪れた。

「まあ、京之介さま……」

甚内の妹の美保《みほ》は、殿さまの参勤で江戸にいる筈の京之介を見て戸惑った。

「例の一件で急遽戻った。甚内はいるか……」

京之介は微笑んだ。

「は、はい。少々お待ち下さい」

美保は、屋敷の奥に足早に入って行った。

島村家は当主の甚内と妹の美保が、左家同様に年老いた下男夫婦と暮らしていた。

京之介と甚内は、学問所の時から互いの屋敷を往き来するようになり、家族や奉公人とも親しい間柄になっていた。

「京之介さま、どうぞお上がり下さい」

美保が戻って来た。

「うむ。邪魔をする」

京之介は、屋敷に上がって甚内の部屋に向かった。


「村正か……」

島村甚内は、欠伸《あくび》を噛み殺しながら襟足を指先で掻《か》いた。そこには、甚内の物事に拘《こだわ》らない大雑把な人柄が窺われた。

「うむ。我らが殿の参勤のお供で江戸に行ってから何があったのだ」

京之介と甚内の間に駆引きはなかった。

「そいつが、俺にも良く分からぬ」

甚内は、困惑を浮かべた。

「分からぬか……」

京之介は、吐息を洩らした。

「うん……」

「多聞新八郎についてもか……」

京之介は訊いた。

「ああ。だが、多聞新八郎については、家中に一つの噂があった」

「どんな噂だ」

「親の決めた許嫁《いいなずけ》に逃げられたって噂だ」

「許嫁に逃げられた……」

京之介は戸惑った。

「ああ。真偽の程は分からないが、旅の芝居一座の役者と駆け落ちしたそうだ」

甚内は苦笑した。

「ならば新八郎は、そいつを苦にして……」

「家中の者共《ども》が、陰で笑い物にしていたそうだからな。そうかもしれぬ」

甚内は頷《うなず》いた。

「それで血迷い、蓮華村正を奪ったか……」

京之介は、惨めで虚しくなったと云った新八郎を思い出した。

だが、本当にそうなのか……。

京之介は、素直に頷けなかった。

「甚内、逃げた許嫁とは何処の娘だ」

「さあな……」

甚内は首を捻った。

「お邪魔をします」

美保が茶を持って来た。

「どうぞ……」

「忝《かたじけ》ない……」

京之介は、出された茶を飲んだ。

「多聞さまの許嫁、汐見屋敷の御前《ごぜん》さまにお仕えしている方の娘御だとか……」

美保は、甚内に茶を出し終えて告げた。

「御前さまにお仕えしている方の娘……」

「はい。ですが、それも噂。本当かどうかは存じません。では……」

美保は、微笑みを残して甚内の部屋から出て行った。

御前さまとは藩主宗憲の叔父である堀田憲正《のりまさ》の事であり、汐見屋敷とは海辺近くにある憲正の屋敷を称した。

「それにしても許嫁に逃げられ、血迷って秘蔵の村正を持ち出すとはな。村正の秘蔵が公儀に知れると一大事。新八郎も迷惑な真似をしてくれたものだ」

甚内は茶をすすった。

「うむ。処《ところ》で甚内。新八郎を助けようとする者に心当たりはないか……」

「新八郎を助けようって者……」

「ああ……」

「いないだろう、そんな奴は……」

「いや。いる」

京之介は、厳しさを過《よ》ぎらせた。

「何かあったのか……」

甚内は眉をひそめた。

「今朝方、久能山の麓で新八郎と斬り合ってな。その時、私に矢を射掛けた者がいる」

「何だと……」

甚内は、血相を変えた。

「矢を射掛けた者の狙いは只一つ。新八郎を逃がす為だ」

「で、新八郎に逃げられたか……」

「ああ……」

「だったらいるか、多聞新八郎を助けようって奴が……」

甚内は、吐息を洩らした。

「うむ。そいつが何処の誰か……」

京之介は眉をひそめた。


半刻後《はんとき》、京之介は美保に見送られて島村屋敷を出た。

佐助が物陰から現れた。

「どうした……」

京之介は眉をひそめた。

佐助は、久能山から真っ直ぐ屋敷に戻った筈だ。

「御城代《ごじょうだい》の大沢帯刀《おおさわたてわき》さまが、速やかに登城致せと……」

「御城代が……」

京之介は戸惑った。

「はい。京之介さまが江戸からお戻りになられたのをどうして知ったのか……」

佐助は、厳しさを滲ませた。

「うむ……」

「京之介さまが島村さまの御屋敷に来る迄に逢ったのは、多聞新八郎と矢を射掛けた者……」

「城代の大沢帯刀さま、そのどちらかと通じているか……」

京之介は読んだ。

「きっと……」

佐助は頷いた。

「いずれにしても油断はならぬな」

京之介は苦笑した。

汐崎城は夕陽に照らされていた。

京之介は、長い廊下を通って城代家老の用部屋を訪れた。

「何故、直ぐに登城致さぬ」

城代家老の大沢帯刀は、苛立ちに肥《ふと》った身体を僅かに震わせた。

「事はお家の秘事、出来るだけ隠密に始末致せとの殿の仰せにございます」

京之介は、大沢を静かに見据えた。

「う、うむ。して多聞新八郎、何処に潜んでいるのだ……」

「それは異《い》な事を。某《それがし》は江戸から戻ったばかり、新八郎の隠れ潜む場所は、国許で陣頭指揮をお取りになられている御城代が御存知の筈かと……」

京之介は、大沢に探る眼差しを向けた。

「う、うむ……」

大沢は、僅かに狼狽《うろた》えた。

「新八郎が隠れ潜んでいたのは久能山。だが、既に久能山を降りたかもしれませぬ」

「久能山を降りた……」

大沢は眉をひそめた。

「はい……」

「久能山を降りたとなると面倒だな……」

大沢は、苦しげに眉を歪めた。

「左様。ぐずぐずしていれば、汐崎藩が蓮華村正を秘蔵していたと公儀、ひいては将軍家に知れますぞ」

京之介は脅した。

「ならぬ。それはならぬ……」

大沢は焦った。

「ならば、手立てを選ばず一刻も早く新八郎を見付け出して討ち果たし、蓮華村正を取り戻すしかありますまい」

京之介は、厳しい面持ちで告げた。

「だが、蓮華村正を手にした新八郎を討ち果たせるか……」

大沢は、不安を滲ませた。

「某《それがし》が必ず……」

京之介は、微笑みを浮かべて頷いた。

用部屋の障子は、いつの間にか夕暮れの青さに染まっていた。

汐崎城は夜の闇に覆われた。

京之介は、大手門を出て夜道を左屋敷に向かった。

城代家老の大沢帯刀は、汐崎藩の命運を握る蓮華村正を取り戻す満足な手立てを持っていなかった。

それは、大沢が無能だからか、それとも無能を装っているからなのか……。

もし、無能を装っているとしたなら、大沢帯刀は多聞新八郎の背後に潜む者と何らかの拘わりがある。

京之介は、月明かりを浴びて通い慣れた夜道を進んだ。

多聞新八郎は、何故に久能山に隠れ潜んでいたのだ……。

京之介は、不意にそうした想いに駆られた。

もし、汐崎藩や殿の堀田宗憲に対する不満で蓮華村正を奪ったのなら、一刻も早く公儀に持ち込めば良いのだ。だが、多聞新八郎はそうした気配を見せず、久能山に潜んでいた。
何故だ……。
京之介は、そこにどのような意味があるのか想いを巡らせた。
月は冴え渡った。
京之介は、城下外れに差し掛かった。
男の悲鳴が夜空に響いた。
京之介は地を蹴り、男の悲鳴がした辻の向こうに走った。

京之介は辻を曲がった。
多聞新八郎が蓮華村正を手にし、地面で燃えあがる提灯《ちょうちん》の炎を受けて立っていた。
燃える提灯の傍には、二人の武士が刀を握り締めて斃れていた。
新八郎は、提灯の燃え盛る炎を下から受け、その顔を不気味に歪めていた。
多聞新八郎……。
京之介は、霞左文字を握り締めて新八郎に駆け寄った。

新八郎は、大きく跳び退いて一定の間合いを保った。

「新八郎、これ以上、無益な殺生《せっしょう》は止めろ」

京之介は、間合いを詰めた。

「京之介、斬れ、俺を斬ってくれ」

新八郎は、悲痛な面持ちで思いも寄らぬ事を京之介に告げた。

「新八郎……」

京之介は戸惑った。

新八郎は、己が人を斬るのに堪えられずにおり、妖刀蓮華村正に操られて凶行に及んでいるのかもしれない。

だとしたら哀れな……。

京之介は、微かな混乱を覚えた。

刹那、新八郎は血に汚れた蓮華村正を構えて地を蹴った。そして、獣のように宙を飛んで京之介に襲い掛かった。

蓮華村正は妖しく輝いた。

京之介は、咄嗟に躱した。

新八郎の宙を飛んでの攻撃は続いた。

京之介は、大きく踏み込んで霞左文字を抜き打ちに一閃した。

霞左文字と蓮華村正の刃が嚙み合い、火花が飛び散った。

蓮華村正は弾き飛ばされ、新八郎は脇に転がって立ち上がった。

京之介は、新八郎に構え直す間を与えずに鋭く斬り付けた。

新八郎の左肩が斬られ、血が飛んだ。

貰った……。

京之介は、左肩を斬られて狼狽え怯む新八郎に鋭く迫った。

三

新八郎は逃げた。

転がり、這い廻り、武士としての恥も外聞もなく逃げ廻った。その姿は、己の命を護って必死に生き延びようとする手負いの獣のようだった。

京之介は逃がさなかった。

「た、助けてくれ……」

新八郎は、嗄《しゃが》れた声で命乞いをした。

その顔は、恐怖に醜く歪み、涙と鼻水で汚れていた。

情け容赦は無用……。

京之介は、微かに滲んだ哀れみを棄てて新八郎に迫った。

次の瞬間、鋭い殺気が京之介を襲った。

京之介は立ち止まり、殺気の主を捜して周囲の暗がりを油断なく見廻した。

周囲の暗がりに殺気の主はいなく、京之介の視線は恐怖に震えている新八郎に戻った。

誰もいない。殺気は気のせいか……。

京之介は、小さな吐息を洩らした。

刹那、新八郎が握っていた蓮華村正は、妖しい紫色の輝きを仄かに放ち、切っ先を京之介に向けて飛んだ。

京之介は、咄嗟に身を投げ出して躱した。そして、素早く立ち上がって霞左文字を青眼に構えた。

新八郎はいなかった。

京之介が身を投げ出した隙を突き、蓮華村正を持って逃げ去ったのだ。

あの殺気は何だったのか……。

京之介は戸惑い、一つの想いに辿り着いた。

殺気は、蓮華村正が放ったものだったのかもしれない。

妖刀……。

恐怖に震えていた新八郎とは拘わりのない、蓮華村正の殺気だったのだ。

馬鹿な。如何に妖刀でも刀が殺気を放つ筈はない……。

殺気は、人が人を殺そうとする気配なのだ。

京之介は、己の想いを慌てて否定した。


多聞新八郎は、京之介の睨み通り久能山から汐崎城下に戻っていた。

おそらく、久能山で助けた者が何処かに匿《かくま》っているのだ。

佐助は、新八郎の久能山からの足取りを探した。そして、新八郎を見掛けた百姓と出逢った。

「で、その武士、新八郎に相違ないのか……」

京之介は尋ねた。

「はい。人相風体、間違いないものと思われます」

「そうか。で、新八郎、久能山から何処に向かっていたのだ」

「深編笠《ふかあみがさ》を被った侍と御城下に……」

佐助は、厳しい面持ちで告げた。

「深編笠を被った侍……」

京之介は眉をひそめた。

「はい。深編笠を被っていて、顔は分からなかったそうです」

「久能山で新八郎を助けた者か……」

京之介は読んだ。

「きっと……」

佐助は頷いた。

「で、新八郎と深編笠の侍、それからどうした……」

「それが御城下に入る手前迄は見掛けた人がいましたが、御城下に入ってからは見掛けた人は未だ……」

「いないのか……」

「はい」

佐助は、厳しい面持ちで頷いた。

「よし。新八郎たちが最後に見掛けられた城下外れに行ってみよう」

京之介は、佐助と城下外れに向かった。


城下外れには松林があり、微かに潮の香りが漂っていた。

「此処か……」

京之介は、汐崎城下と久能山を結ぶ田舎道の辻に立ち止まり、辺りを見廻した。

「はい。新八郎と深編笠の侍、今の処、見掛けられたのは此処が最後です」

佐助は頷いた。

田舎道の先には久能山が見え、松林の向こうには海が僅かに窺えた。

「そして、城下に入ってからは見掛けた者はいない……」

新八郎と深編笠の侍は、城下町には入らなかったのかもしれない。

だとしたら、この界隈《かいわい》に潜んでいる……。

京之介は読んだ。

辺りには田畑が広がり、百姓家《ひやくしようや》が点在している。そして、辻の先には松林に続く小道があった。

京之介は、松林に続く小道を進んだ。

佐助は続いた。


松林を抜けると潮騒《しおさい》が響き、煌めく海が広がっていた。

京之介は、眩しげに辺りを眺めた。

小さな岬があり、白い土塀の廻された武家屋敷があった。

「御前さまの汐見屋敷か……」

「はい……」

武家屋敷は、藩主宗憲の叔父である堀田憲正の暮らす汐見屋敷だった。

堀田憲正は、若くして藩主の座に就いた宗憲の後見役となり、藩政を思うがままに操った。しかし、宗憲が成長するのに従って疎《うと》まれ、後見役を外されて蟄居《ちつきよ》を命じられた。以来、憲正は汐見屋敷に閉じ籠もった。

「よし。汐見屋敷、探ってみよう」

京之介は、小さな笑みを浮かべた。

「京之介さま……」

佐助は、その眼を僅かに光らせた。

「新八郎の足取りが此の界隈で途切れたとなると、潜む処は汐見屋敷しかない」

多聞新八郎は蓮華村正を奪い、そのまま公儀に走らずに久能山に潜んだ。それは、公儀に知られて汐崎藩が取り潰されるのを恐れての事なのかもしれない。もし、そうだとすると、狙いは汐崎藩の取り潰しより、藩主の宗憲を苦しめる事にあると思える。

堀田憲正は宗憲に疎まれ、暗闘に敗れて蟄居を命じられた。その時の宗憲に対する恨みが、新八郎の蓮華村正奪取に何らかの拘わりがあるのかもしれない。

京之介は、佐助を伴って海辺伝いに汐見屋敷に向かった。

「そう言えば佐助、多聞新八郎が許嫁に逃げられたと云う噂を聞いているか……」

京之介は、島村甚内に聞いた家中の噂を思い出した。

「いいえ……」

佐助は、戸惑いを浮かべて首を横に振った。

「そうか、聞いていないか……」

噂は、家中の者たちだけに流れたのかもしれない。

「初耳です。そうですか、そんな噂があるんですか……」

「うむ。その逃げた許嫁、御前さまの家来の娘だそうだ」

京之介は、甚内の妹の美保に聞いた話を告げた。

「じゃあ新八郎さま、汐見屋敷とまったく拘わりがない訳じゃあないんですね」

佐助は眉をひそめた。

「噂通りだとすればな……」

京之介は小さく笑った。

汐見屋敷のある岬には波が打ち寄せ、岩場に砕ける白波となって飛び散っていた。

汐見屋敷を囲む松林は、潮風に晒《さら》されて僅かに震えていた。

京之介は、佐助と共に汐見屋敷の様子を窺った。

汐見屋敷は人の出入りもなく、屋敷内を垣間見る事も出来なかった。

「よし。暫《しばら》く見張ってみよう」

京之介は決めた。

「はい……」

京之介は、頷いた佐助を伴って汐見屋敷の表門が見通せる木陰に潜んだ。

半刻が過ぎた。

汐見屋敷の潜り戸が開き、番士と中間が出て来た。

「京之介さま……」

「うむ……」

京之介と佐助は見守った。

番士と中間は、辺りを見廻して不審がないと見定めて潜り戸の内に声を掛けた。

深編笠を被った武士が、潜り戸から現れて田舎道に向かった。

「深編笠です……」

佐助は、緊張を滲ませた。

深編笠の武士は、新八郎と久能山から一緒に来た者なのかもしれない。

番士と中間は、深編笠の武士を見送って屋敷に戻った。

「追うぞ」

京之介は、木陰を出て深編笠の武士を追った。

佐助は続いた。


深編笠の武士は、田舎道を汐崎城下に向かった。

京之介と佐助は、充分な距離を取って深編笠の武士を尾行《つけ》た。

深編笠の武士は、落ち着いた足取りで進んでいた。

田舎道の左右に続く田畑の緑は、吹き抜ける風を受けて大きく波打っていた。


汐崎城下は、昨夜遅く二人の家来を斬り殺され、微かな緊張が漂っていた。

城代家老の大沢帯刀は、二人の家来斬殺を多聞新八郎の仕業と見定め、役人たちによる木戸検めと見廻りを厳しくしていた。

深編笠の武士は、城下の南側にある料理屋『松風亭《しょうふうてい》』の木戸門を潜った。

京之介と佐助は見届けた。

「松風亭に何の用ですかね」

料理屋『松風亭』は、汐崎藩でも名高い店だった。

「飯を食べに来ただけではあるまい」

京之介は苦笑した。

「じゃあ……」

「誰かと逢うのかもしれぬ」

京之介は読んだ。

「分かりました。ちょいと忍び込んでみます」

料理屋は、武家屋敷と違って人の出入りも多く、警備も緩くて忍び込むのは容易だ。

「うむ。だが、無理は禁物。危ないと思ったらさっさと逃げて来るんだな」

京之介は、笑顔で命じた。

「心得ています」

佐助は頷き、木戸門に向かった。そして、木戸門から前庭を窺い、身軽に板塀の内に消えた。

孤児の時から軽業を仕込まれた佐助は、忍びの者と同じ様な体術の持ち主だった。

京之介は見送った。


料理屋『松風亭』の玄関先に人影はなかった。

佐助は、玄関先を素早く抜けて『松風亭』の庭に忍び込んだ。そして、庭の植込みの陰に潜んで辺りに不審な様子のないのを見定め、客室である座敷の連なりを窺った。

連なる座敷は障子を閉められており、深編笠の武士の通された客室が何処かは分からなかった。

縁の下に潜《もぐ》るか、天井裏に忍び込むか……。

佐助は思案した。

女将《おかみ》と仲居が、料理と酒を持って廊下をやって来て或る座敷に声を掛けた。

来たばかりの客がいる……。

佐助は読み、見守った。

女将と仲居は、料理と酒を持って座敷に入った。

来たばかりの客は深編笠の武士……。

佐助は睨《にら》んだ。そして、植込みの陰を走り出て、女将と仲居の入った座敷の縁の下に潜り込んだ。


縁の下に潜り込んだ佐助は、頭の上の座敷の様子を窺った。

料理を並べる音がした。

「後はこちらで……」

女の声がした。

女……。

佐助は戸惑った。

「そうですか。じゃあ、ごゆるりと……」

女将と仲居は、客に挨拶をして出て行った。

佐助は、息を詰めて頭上の座敷の様子を窺った。

「それで、城下の様子は……」

男の野太い声がした。

深編笠の武士……。

佐助の勘が囁いた。

「役人たちの木戸検めや見廻り、今迄に増して厳しくなりました」

女の声には、微かな笑みが含まれていた。

「やはり、城下で騒ぎを起こさぬと、妖刀村正の御利益《ごりやく》はないとみえるな」

深編笠の武士は、嘲りを滲ませた。

「はい。ですが……」

女は、不安を過ぎらせた。

「江戸から駆け戻った御刀番の左京之介か……」

深編笠の武士は、声を潜めた。

佐助は緊張した。

「はい。思わぬ早さでの帰藩。驚きました」

女は悔しげに告げた。

「父祖代々御刀番を務める左家は、藩の介錯人を務める程の家柄。中でも京之介は噂通りの手練《てだ》れ。放ってはおけぬか……」

「左様。早々に始末致さねば、何かと面倒かと……」

「うむ……」

京之介の命が狙われている……。

佐助は、思わず気を乱した。

刹那、佐助の眼前に白刃が降りて来た。

佐助は、仰《の》け反《ぞ》って躱した。

深編笠の武士は、佐助の僅かに乱した気を鋭く察知し、畳の上から縁の下に刀を突き刺したのだ。

佐助は逃げた。

縁の下を四つん這いになって走り、深編笠の武士と女のいる座敷から出来るだけ離れた。そして、縁の下から裏庭に飛び出し、板塀を一気に跳び越えて逃げた。

佐助は、大きく迂回して料理屋『松風亭』の表を見張っている京之介の許に急いだ。

「女……」

京之介は眉をひそめた。

「はい。深編笠の武士が逢っていた相手は女、それも若い女のようでした」

佐助は報せた。

「そうか。若い女と逢っていたか……」

「はい。何処の誰かは突き止められませんでした」

「うむ。それで、深編笠の武士と若い女、何を話していた」

「やはり、城下で騒ぎを起こさなければ、村正の御利益はないと……」

「おのれ……」

京之介は苦笑した。

「京之介さま、私はこのまま松風亭を見張り、若い女が帰るのを待ちます」

「そして、若い女の後を尾行て正体を突き止めるか……」

「はい」

佐助は頷いた。

「ま、何《いず》れにしろ、これで多聞新八郎が蓮華村正を奪った背後には、汐見屋敷の御前さまが潜んでいるのが分かった」

「はい……」

佐助は頷いた。

「そして、そいつを私たちに知られ、どうするかだ……」

京之介は眉をひそめた。

「京之介さま。奴らは邪魔な京之介さまを始末すると申しておりました」

佐助は、緊張を漲《みなぎ》らせた。

「面白い……」

京之介は、不敵な笑みを浮かべた。

料理屋『松風亭』から、深編笠の武士が女将や仲居に見送られて出て来た。

京之介と佐助は、木陰に素早く身を潜めた。

深編笠の武士は、辺りを窺う事もせずに来た道を戻り始めた。

「京之介さま……」

「誘っている……」

京之介は告げた。

「誘っている……」

佐助は戸惑った。

「うむ。縁の下に潜んでいた者をな」

深編笠の武士は、縁の下に潜んでいた者を尾行に誘い出し、その正体を摑もうとしているのだ。

京之介は睨んだ。

深編笠の武士は、振り返りもせずに立ち去って行く。

「よし。奴の誘いに乗ってみる」

京之介は、深編笠の武士の誘いに乗ってみる事に決めた。

「じゃあ、あっしは女を……」

「うむ。くれぐれも気を付けてな」

「はい。決して無理はしません」

佐助は頷いた。

「では な……」

京之介は、深編笠の武士を追った。

佐助は、木陰に潜んで女の出て来るのを待った。

料理屋『松風亭』から三味線の爪弾きが洩れて来た。

深編笠の武士は、ゆったりとした足取りで来た道を戻って行く。

京之介は、怪しまれないように充分な距離を取って尾行た。

尾行るのには距離を取り過ぎだ。だが万一、深編笠の武士を見失ったとしても、最後には汐見屋敷に戻る筈だ。

京之介はそう睨み、充分な距離を取り続けた。

深編笠の武士は、尾行者と思われる者が現れないのに苛立ち、何らかの手を打つかもしれない。

その時はその時……。

京之介は、尾行を続けた。

深編笠の武士は、汐見屋敷に続く道との辻に差し掛かった。

このまま汐見屋敷に戻るのか……。

京之介は見守った。

深編笠の武士は、汐見屋敷に続く道には入らず、そのまま久能山に向かった。

京之介は、苦笑して佇んだ。

もし、久能山に行く間に誰かと逢うなら、誘いは掛けぬ筈だ。

最早、誘いには乗らぬ……。

京之介は、久能山に向かって行く深編笠の武士を見送った。

深編笠の武士は、久能山に続く田舎道の彼方《かなた》に立ち去った。

京之介は、辻から汐見屋敷に続く道に入った。

多聞新八郎は、妖刀の蓮華村正を持って汐見屋敷に潜んでいる。そして、今夜も汐崎城下に人を斬りに行くかもしれない。

京之介は、汐見屋敷に向かった。

松林の向こうから潮の香りが漂い、潮騒が僅かに響いて来た。

四

料理屋『松風亭』には客が出入りしていた。

佐助は、辛抱強く木陰で見張り続けた。

若い女の一人客は、料理屋『松風亭』から出て来なかった。仮に裏口から出たとしても、その道は表に続いており、木陰で見張る佐助の眼を逃れる事は出来ない。

若い女客は、未だ料理屋『松風亭』にいるのだ。

何をしているのか……。

佐助は苛立った。

ひょっとしたら、他の客に紛《まぎ》れて既に帰ったのかもしれない。

佐助は、不意に焦りを覚えた。そして、今迄に帰った客たちを慌てて思い浮かべた。

お店の旦那風の者たち——。

武家の隠居夫婦——。

琴や茶の湯などの稽古事の女師匠と弟子の娘たち——。

佐助は、帰って行った客に若い女客を捜した。

若い女客は、稽古事の女師匠と弟子の娘たちしかいない。深編笠の武士と逢っていた若い女は、女師匠と弟子の娘たちに紛れて帰ったのかもしれない。もし、そうならまんまと出し抜かれた事になる。

佐助は、焦りと苛立ちを覚えた。

とにかく、若い女客がどうしたのか突き止めなければならない。

佐助は、手立てを探した。だが、手立ては容易に思いつかなかった。


海は夕陽に輝き、空には鷗《かもめ》が舞っていた。

汐見屋敷は、鷗の鳴き声に覆われていた。

深編笠の武士は、足早に戻って来た。そして、辺りを警戒し、表門脇の潜り戸を苛立たしげに叩いた。

番士と中間が、潜り戸を開けた。

深編笠の武士は、素早く潜り戸を潜って屋敷内に入った。

京之介は、苦笑しながら見届けた。

深編笠の武士は、誘いの企《くわだ》てを躱されて苛立っている。

苛立った深編笠の武士が、これからどうするのか……。

京之介は、深編笠の武士の素性が知りたくなった。

潜り戸から中間が現れ、表門前の掃除を始めた。

京之介は、物陰を出て掃除をしている中間に近付いた。

中間は、近付いて来る京之介に怪訝《けげん》な眼を向けた。

「つかぬ事を尋ねるが、先程御屋敷に入られ深編笠を被った方は、鳥見方の島村どのではないかな……」

京之介は尋ねた。

「いいえ。あの方は当家の御家来の相良平蔵《さがらへいぞう》さまにございます」

中間は、戸惑いながらも深編笠の武士が相良平蔵だと告げた。

「そうか。人違いだったか。いや、造作《ぞうさ》を掛けたな」

京之介は、中間に礼を述べて汐見屋敷の表門前を離れた。

中間は、再び掃除を始めた。

相良平蔵……。

京之介は、深編笠の武士の名を知った。

夕陽は沈んだ。


打ち寄せる波は、月明かりに輝いていた。

汐見屋敷の表門脇の潜り戸が開き、深編笠を被った武士と頭巾を被った小柄な武士が出て来た。

相良平蔵と多聞新八郎……。

京之介は睨んだ。

相良と新八郎は、辺りに不審な事はないと見定めて田舎道に向かった。

京之介は、闇に紛れて追った。


料理屋『松風亭』は、夜になってから客足が落ちた。

おそらく、多聞新八郎の凶行を恐れての事なのだ。

『松風亭』の軒行燈は、来ない客を待って仄かな明かりを虚しく灯し続けた。

虚しさは、手立てを思いつかない佐助も同じだった。

御高祖頭巾《おこそずきん》を被った武家女が、料理屋『松風亭』の木戸門から提灯を手にして出て来た。

まさか……。

佐助は、微かな混乱を覚えた。

深編笠の武士と逢っていた若い女……。

佐助の勘が囁いた。

若い女は、料理屋『松風亭』で夜になるのを待っていたのだ。そして今、御高祖頭巾を被って漸《ようや》く出て来たのだ。

佐助に微かな安堵と緊張が交錯した。

御高祖頭巾の武家女は、提灯で足元を照らしながら城下町に向かった。

佐助は、御高祖頭巾の武家女を追った。

御高祖頭巾の武家女は、足早に夜道を進んだ。

佐助は、慎重に追った。


汐崎の城下町に近付いた。

御高祖頭巾の武家女は、辻の暗がりに立ち止まって提灯の火を吹き消した。

佐助は戸惑った。

御高祖頭巾の武家女は、提灯の火を消して城下町に進んだ。

慣れた夜道なのか、夜目《よめ》が利くのか……。

佐助は、戸惑いを募らせた。
いずれにしろ、只の武家女ではないのかもしれない。
佐助の戸惑いは、浮かぶ緊張と警戒に覆われて消えた。
御高祖頭巾の女は、迷いや躊躇いもなく夜道を進んで行く。
佐助は追った。
御高祖頭巾の女の姿が不意に消えた。
消えた……。
佐助は驚いた。
次の瞬間、眼の前に黒い忍び装束の男が迫って来た。
忍びの者……。
佐助は、忍びの者が闇から現れて御高祖頭巾の女の姿を覆い隠したのに気付いた。
忍びの者は、佐助に迫りながら忍び刀を抜こうとした。
拙《まず》い……。
佐助は、身を翻して物陰に跳んだ。
闇を切り裂く音が追って来た。

佐助は、咄嗟に転がった。

十字手裏剣が、佐助のいた場所に突き刺さった。

殺《や》られてたまるか……。

忍びの者は、御高祖頭巾の女の仲間なのだ。

佐助は、唸りをあげて飛来する手裏剣を必死に躱した。

忍びの者の攻撃は続いた。

佐助は、子供の頃に無理矢理に仕込まれた軽業の技を駆使して躱し続けた。

御高祖頭巾の女の姿は、既に見えなくなっていた。

佐助は、御高祖頭巾の女の尾行を諦めるしかないのに気付いた。

逃げる……。

佐助はそう決め、物陰伝いを跳んで雑木林に逃げ込もうとした。

手裏剣は、唸りをあげて次々と追って来た。

佐助は、辛うじて雑木林に駆け込んだ。

刹那、佐助は左肩を突き飛ばされたように前のめりに倒れた。そして、左肩に激痛を覚えた。

左肩には、手裏剣が突き刺さっていた。
手裏剣を抜き棄てる暇はない。
佐助は、激痛に堪えて雑木林を必死に逃げた。

篝火《かがりび》は燃え上がり、夜空に火の粉を飛ばしていた。
城下町の出入口に設けられた木戸では、番士たちが行き交う者を検めていた。
頭巾を被った多聞新八郎は、燃え上がる木戸の篝火を血走った眼で見詰めていた。
「番士は五人。せいぜい楽しむのだな……」
深編笠を被った相良平蔵は、冷笑を浮かべて新八郎に囁いた。
新八郎は、喉を鳴らして頷き、腰の蓮華村正を握り締めた。
紫色の仄かな輝きが、新八郎の身体から妖しく湧き上がった。
新八郎は、血走った眼に笑みを浮かべて路地の暗がりを出た。

殺気……。
京之介は、路地の暗がりを出た新八郎に凄まじい殺気を感じた。

新八郎は、妖しい紫色の仄かな輝きを漂わせて木戸に向かった。

篝火は、まるで新八郎の妖しい殺気を感じたかのように火の粉を舞いあげた。

番士たちは、近付いて来る新八郎に気付いて木戸の外に出た。

番士頭は誰何《すいか》した。

「何者だ……」

新八郎は、不気味な笑みを浮かべた。

番士たちは身構えた。

「おのれ、何者だ。頭巾を取れ」

番士頭は怒鳴った。

新八郎は、不気味な笑みを浮かべたまま蓮華村正を抜き放った。

危ない……。

京之介は地を蹴った。

番士たちは刀を抜いた。

「退《ひ》け、退け」

京之介は、走りながら番士たちに怒鳴った。

番士たちは驚き、新八郎は駆け寄る京之介に気付いた。

京之介は、番士たちを庇うように立ち、新八郎と対峙した。

「左……」

新八郎は、掠《かす》れた声を微かに震わせた。

「多聞新八郎、これ迄だ」

京之介は、新八郎を見据えた。

番士たちは、頭巾の武士が多聞新八郎と知り、狼狽えて後退りした。

「私は御刀番左京之介、多聞新八郎は引き受けた。向こうの路地にいる深編笠の武士を捕り押えろ」

京之介は、番士たちに命じた。

「はっ」

番士たちは、猛然と相良平蔵の潜んでいる路地に走った。

相良平蔵は逃げたのか、番士たちの追う声が飛び交い、遠ざかって行った。

木戸は静けさに包まれ、燃える篝火の火の粉の舞い散る音が響いた。

「新八郎……」

京之介は、静かに呼び掛けた。

新八郎は、思わず蓮華村正の切っ先を震わせた。

「己の身の不運、惨めさ、虚しさを嘆くのは勝手だ。だが、その為に多くの者たちの命を奪ったのは許されぬ。斬る……」

京之介は、霞左文字を静かに抜いた。

霞左文字は、鋭い輝きを放って妖刀蓮華村正と対峙した。

新八郎は怯んだ。

刀はどうあれ、剣の腕は京之介が格段に上であり、新八郎は及びもつかない。

新八郎は、身を以《もっ》てその事実を知っているのだ。

京之介は、霞左文字を青眼に構えて新八郎との間合いを詰めた。

新八郎は、蓮華村正の切っ先を小刻みに震わせながら後退りをし、間合いを保った。

京之介は、構わず間合いを詰めた。

新八郎は後退した。

京之介は、尚も間合いを詰めた。

新八郎は追い詰められた。

「お、俺は命じられた迄だ。村正を奪い、騒ぎを起こせと命じられただけだ……」

新八郎は、頭巾を脱ぎ棄てて必死に命乞いをした。

「新八郎、今更の命乞い、武士なら恥を知り、早々に腹を切れ。切らぬとあらば……」

京之介は、冷たく告げて見切りの内に大きく踏み込んだ。

「来るな、来るな……」

新八郎は恐怖に激しく震え、眼を血走らせて猛然と京之介に斬り込んだ。

蓮華村正は、妖しい輝きを放って唸りをあげた。

京之介は、霞左文字を横薙ぎに閃かせて蓮華村正を僅かに弾き、身体を開いて躱した。

新八郎の蓮華村正を握る右腕が、躱した京之介の前に伸びた。

京之介は、霞左文字を下段から斜に鋭く斬り上げた。

骨を断つ音が鳴り、蓮華村正を握る新八郎の右腕が夜空に飛んだ。

蓮華村正を握る右腕は、燃え盛る篝火の傍に落ちて血を散らした。

新八郎は顔を醜く歪め、斬られた右腕の肘《ひじ》から血を振り撒き、残る左手で京之介の首に摑み掛かろうとした。

まるで血迷った獣だ。

南無阿弥陀仏……。

京之介は経を呟き、霞左文字を上段から真っ向に斬り下げた。

左霞流岩斬りの太刀だ。

霞左文字は、音も立てずに新八郎の額から顔、喉元迄を斬り裂いた。

京之介は、残心《ざんしん》の構えを取った。

岩斬りの太刀は、介錯人としての左霞流据物《すえもの》斬りの技の一つだった。

新八郎は、斬り裂かれた顔から血を流して仰向けに倒れた。

京之介は、多聞新八郎の死を見定めた。

妖刀蓮華村正に血迷った多聞新八郎は、非道な所業を繰り広げて無残な最期を遂げた。

多聞新八郎は討ち果たした。残るは妖刀蓮華村正の始末だ。

京之介は、斃れた新八郎に哀れみの一瞥《いちべつ》を与え、篝火の傍に転がっている蓮華村正を握る腕の許に向かった。
蓮華村正は、篝火の燃え盛る炎に照らされて真っ赤に輝いていた。
妖刀蓮華村正……。
京之介は、蓮華村正を拾い上げようと身を屈《かが》めた。
刹那、京之介は背後に大きく跳んだ。
幾つもの十字手裏剣が、京之介のいた処に鈍い音を立てて突き刺さった。
忍びの者……。
京之介は戸惑った。
周囲の闇から殺気が投げ掛けられ、忍びの者が次々に浮かびあがった。
京之介は取り囲まれた。
忍びの者たちは、忍び刀を抜いて一斉に地を蹴って京之介に殺到した。
京之介に逃げ場はない。
忍びの者たちは、京之介に次々と鋭い一刀を浴びせて飛び抜けた。
京之介は、霞左文字を縦横に閃かせた。
霞左文字は、閃光となって忍びの者たちを打ち払った。

忍びの者たちは、京之介に打ち払われて闇に消えた。

静けさが戻った。

京之介は、油断なく霞左文字を構えて周囲の闇を窺った。

周囲の闇に殺気はなかった。

忍びの者は消えた。

そして、篝火の傍に転がっていた妖刀蓮華村正も無くなっていた。

京之介は、妖刀蓮華村正が忍びの者たちに奪い取られたのを知った。

妖刀蓮華村正は、多聞新八郎の手から得体の知れぬ忍びの者に移った。

京之介は、十字手裏剣など忍びの者が遺《のこ》した物を探した。だが、京之介のいた処に投げられた十字手裏剣は残らず持ち去られていた。

忍びの者は何者なのか……。

そして、妖刀蓮華村正を奪ってどうする気なのか……。

何れにしろ、妖刀蓮華村正は始末出来なかった。

京之介は、新たな敵が現れ、新たな事態を迎えたのを知った。

篝火は、火の粉を飛ばして燃え続けた。

相良平蔵は、番士たちの追跡を振り切って逃げ去った。

京之介は、左屋敷に帰った。

左屋敷は微かな緊張を漂わせていた。

何かがあった……。

京之介は、油断なく暗い屋敷に入った。

「京之介か……」

父の嘉門の声が暗がりからした。

「はい……」

京之介は頷いた。

嘉門が、刀を手にして暗がりから現れた。

「如何されました……」

「佐助が手傷を負って帰って来た」

「佐助が……」

京之介は眉をひそめた。

燭台の火は仄かに辺りを照らしていた。

「京之介さま……」

佐助は、包帯を巻いた左肩を庇うように蒲団の上に半身を起こした。

「どうした……」

京之介は、佐助の傍に座った。

「はい。松風亭にいた若い女が……」

佐助は、若い女が御高祖頭巾を被って現れたのを尾行し、忍びの者に襲われた事を詳しく告げた。

「忍びの者……」

「うむ。左肩に手裏剣を受けてな。毒を塗っていなくて幸いだった」

嘉門は、佐助の傷の手当てを終えていた。

「そうでしたか……」

京之介は頷いた。

「それで、若い女の名前や素性、顔も分かりませんでした。申し訳ありません」

佐助は詫びた。

「詫びる事はない……」

京之介は慰めた。

「左様。若い女の事は分からなくても、襲った忍びの者の素性は分かったからな」

「忍びの者の素性ですか……」

京之介は、嘉門に訊いた。

「うむ。これが佐助の左肩に刺さっていた手裏剣だ……」

嘉門は、十字の先端に三角形の刃の付いた十字手裏剣を差し出した。

「これは……」

十字手裏剣は、京之介に投げ付けられた物と同じだった。

「柳生《やぎゅう》流の十字手裏剣だ……」

「柳生流……」

京之介は眉をひそめた。

「京之介、妖刀蓮華村正、どうやら柳生の知る処となったようだ」

嘉門は睨んだ。

「はい。私も多聞新八郎を討ち果たした直後、忍びの者共に襲われ、蓮華村正を奪われてしまいました」

京之介は、厳しい面持ちで告げた。

新たな敵は柳生……。

燭台の火が不安げに揺れた。

第二章　村正流転《るてん》

一

多聞新八郎は、討ち果たした。だが、新八郎が奪った妖刀蓮華村正は、柳生忍びの手に渡った。

柳生忍びは、妖刀蓮華村正をどうするつもりなのか……。

柳生家は大和《やまと》国柳生藩一万石の小大名だが、将軍家剣術指南役を務め、藩祖宗矩《むねのり》は公儀総目付として諸大名を探り、取り潰しに辣腕《らつわん》を振るった。

柳生忍びは裏柳生と呼ばれ、宗矩の耳目手足として諸大名家の奥深くを探った。

しかし、宗矩の死後、柳生家は公儀での威勢を次第に失い、只の小大名でしかなくなった。

柳生家の影の存在である裏柳生は、妖刀蓮華村正を奪って何をするつもりなのだ。

今、裏柳生に公儀での役目はなく、柳生家にとっても持て余し者でしかない。

その裏柳生が妖刀蓮華村正を奪い取ったのは、汐見屋敷の御前さまこと堀田憲正と何らかの拘わりがあるのかもしれない。

それは、憲正家中の相良平蔵が、裏柳生の者と思われる御高祖頭巾の女と秘かに逢っていた事からも窺える。

御高祖頭巾の女は何者なのか……。

何《いず》れにしろ、汐見屋敷をこのままには出来ない。

汐崎藩御刀番左京之介は、藩主宗憲の叔父である堀田憲正の汐見屋敷に向かった。

汐見屋敷のある小さな岬には波が打ち寄せては砕け、松林は吹き抜ける風に鳴っていた。

京之介は、汐見屋敷の表門前に佇んだ。

昨夜、番士たちから逃げ切った相良平蔵は、汐見屋敷で息を潜めているのかもしれない。

京之介は、汐見屋敷の裏手に廻り、土塀を乗り越えて屋敷内に侵入した。

汐見屋敷の庭の奥には、植込みに囲まれた小さな稲荷堂《いなり》があった。

京之介は、稲荷堂の陰に潜んで汐見屋敷内を窺った。

稲荷堂の先には池や築山《つきやま》のある奥庭が広がり、奥御殿があった。

奥御殿には、主の堀田憲正が家族と暮らしている。そして、家中の者たちは表御殿で仕事をし、屋敷の周囲に建てられている長屋で暮らしているのが普通だ。

奥庭に見張りの番士はいなく、柳生忍びが忍んでいる気配もない。

京之介は見定め、稲荷堂の陰から出た。そして、池に架かっている小さな太鼓橋を渡り、奥御殿の南側に向かった。

普通、当主の居室は南向きにあり、庭の景色が良く見える処にある。

京之介は、南側に連なる座敷を窺った。

連なる座敷の障子は、陽差しに眩しく輝いていた。

京之介は、一室に睨みを付けた。

一室の障子が開き、若い近習《きんじゅ》が出て来て表御殿に立ち去った。
睨み通りだ……。
京之介は、若い近習の出て来た一室に向かった。
一室から酒の匂いが漂った。
昼間、奥御殿で酒を飲む者は当主しかいない。
主の堀田憲正……。
京之介は、音もなく濡縁《ぬれえん》にあがり、素早く一室に入った。
酒を飲んでいた堀田憲正は、咄嗟に盃を京之介に投げ付けた。
京之介は、僅かに顔を傾けて躱した。
盃は、障子の桟に当たって畳に転がった。
京之介は、憲正を素早く押えて腕を捩《ね》じ上げた。
「騒げば命はない……」
京之介は、押し殺した声で囁いた。
「お、おのれ、左……」
憲正は、苦しげに顔を歪めた。

「主筋《しゅうすじ》の儂《わし》に何たる無礼……」

憲正は、怒りに嗄れた声を震わせた。

「黙れ。如何《いか》に主筋の者でも、藩の秘事を弄《もてあそ》び、騒ぎを起こす愚かな真似は許されぬ」

京之介は冷たく云い放ち、憲正の腕を容赦なく捩じ上げた。

憲正は、激痛に顔を醜く歪めて呻いた。

「蓮華村正は何処だ……」

京之介は、厳しく尋ねた。

「む、村正は、その方が多聞新八郎を倒して奪ったのと違うのか……」

憲正は戸惑った。

戸惑いに嘘はない……。

京之介の勘が囁いた。

憲正は、蓮華村正の行方を知らない。

だとしたら、憲正と柳生忍びは拘わりがないのか……。

京之介は読んだ。

「ならば、柳生の忍びはどうした」

京之介は尋ねた。

「柳生の忍び……」

憲正は驚いた。

「裏柳生だ……」

「ひ、左。裏柳生の忍びがいるのか……」

憲正は、激しく狼狽えた。

「左様……」

京之介は頷いた。

「拙《まず》い。蓮華村正の秘蔵を裏柳生の忍びに知られ、将軍家に洩れれば、汐崎藩はお取り潰しを免れぬ……」

憲正は、事の重大さに激しく震えた。

京之介は、憲正が裏柳生の忍びを知らないと見定めた。

「ならば昨日、相良平蔵が松風亭と申す料理屋で逢った若い女は何処の誰なのだ」

京之介は、裏柳生の忍びと拘わりのある若い女の素性を知ろうとした。

「相良が……」

憲正は、困惑を浮かべた。

「左様。昨日、相良平蔵が逢っていた若い女だ」

「知らぬ。儂は何も知らぬ……」

憲正は、困惑を浮かべたまま首を激しく横に振った。

「では、相良平蔵を此処に呼んで戴きましょう」

京之介は命じた。

「わ、分かった。相良を呼ぶ。呼ぶから手を緩めてくれ」

憲正は哀願した。

京之介は、憲正の捩じ上げた手を離した。

憲正は、起き上がって鈴を鳴らした。

障子に若い近習の影が映った。

「御前さま……」

「急ぎ、相良平蔵を呼べ……」

憲正は命じた。

「は、はい……」

若い近習は、慌ただしく立ち去った。

憲正は、落ち着きを失って微かな恐怖を滲ませた。

「多聞新八郎に蓮華村正を持ち出させ、藩内に騒ぎを起こして殿の失脚を狙うとは、愚かな企て……」

京之介は、憲正を冷ややかに見詰めた。

「だ、黙れ……」

憲正は狼狽えた。

「その愚かさが裏柳生を招き入れたと思い知るが良い……」

京之介は云い放った。

憲正は、屈辱に震えた。

若い近習が、慌ただしく障子の外にやって来た。

「御前さま……」

若い近習の声には、怯えが滲んでいた。

「相良はどうした」

「それが、御屋敷の何処にもいないのです」

「なに……」

憲正は戸惑った。

「如何致しましょう」

若い近習の声は震えた。

「捜せ。一刻も早く捜し出し、儂が許に連れて参れ」

憲正は苛立った。

「はっ……」

若い近習は、足早に立ち去った。

「相良平蔵、裏柳生との拘わりを気付かれたと読み、逸早《いちはや》く逐電したようですな」

京之介は睨んだ。

「ち、逐電……」

憲正は驚いた。

次の瞬間、京之介は霞左文字を一閃した。

憲正は、思わず仰け反った。

髷《まげ》が斬り飛ばされ、壁に当たって転がった。

憲正は、己の髷が斬られたのに気付き、恐怖に震えた。

「あの世に行き、多聞新八郎に斬られて虚しく死んだ者たちに詫びるのですな……」

京之介は、憲正に霞左文字を突き付けた。

「許せ。許してくれ、左。この通りだ」

憲正は、髷を斬られた頭を下げて京之介に無様に許しを請うた。そこには、武士の潔さや矜持《きようじ》はなく、愚かな人間の醜さと生きる事への執着だけがあった。

「ならば早々に仏門に入り、死んだ者たちの菩提《ぼだい》を弔うと約束するか……」

「する。約束する。仏門に入って死んだ者の菩提を弔う」

憲正は、土下座しながら約束した。

「分かった。だが、約束を破った時には、その命、必ず貰い受けに参る」

京之介は、憲正を冷たく見据えて告げた。

「約束する。まこと約束する……」

人の本性は容易に変わらない……。

憲正は、信じるに足る男ではないのだ。

だが、殺された者の菩提を弔うと云うのを信じてみるのも一興……。

京之介は、霞左文字を鞘に納めて憲正の居室を後にした。


妖刀蓮華村正は、おそらく裏柳生の忍びの手にある。

何としてでも、蓮華村正を裏柳生の忍びから取り戻さなければならない。

裏柳生の忍びの者を追うには、仲間である御高祖頭巾の若い女が何処の誰か突き止めなければならない。だが、唯一の手掛かりである相良平蔵は姿を消した。

おそらく、相良平蔵は汐崎藩を出て江戸に向かう。

京之介は、城代家老の大沢帯刀に汐崎藩から江戸に向かう街道などと国境《くんざかい》の早急な封鎖と、城下の詳しい探索を頼んだ。

大沢帯刀は、直ぐに手配りをした。

「それで左、多聞新八郎の蓮華村正持ち出し、御前さまの企みだったのだな」

「はい。その愚かな企み、裏柳生に付け込まれました」

「裏柳生か……」

大沢は、微かに震えた。

「蓮華村正、裏柳生はどう使うか……」

将軍家に持ち込むか……。

宗憲に多額での買い取りを求めるか……。

いずれにしろ、裏柳生は蓮華村正を利用するに決まっている。

京之介は、汐崎藩と同じ愛宕下大名小路にある柳生藩江戸上屋敷を思い浮かべた。

「おのれ、憲正。殿の後見役をお役御免にした時、始末すべきだったか……」

大沢は、憲正への怒りを滲ませ、悔やんだ。

京之介は苦笑した。

既に悔やんでいる暇はない。

「では……」

京之介は、大沢の用部屋を出ようとした。

「左、おぬし、どうする」

「多聞新八郎を討ち果たした今、残る役目は蓮華村正の始末。御免……」

京之介は、霞左文字を手にして大沢の用部屋を出た。

京之介は、搦手《からめて》門から城を出ようとした。

「京之介……」

鳥見方組頭の島村甚内が、山歩きの野袴《のばかま》姿でやって来た。

「おう。甚内……」

「多聞新八郎、斃したそうだな」

甚内は、小さな笑みを浮かべた。

「うむ。そうだ甚内、東海道に出るのに最も近い山越えは何処だ」

京之介は、街道を封鎖された相良平蔵が山越えをすると睨み、汐崎藩領内の山野を仕事場にしている甚内に訊いた。

「そりゃあ、日笠山《ひがさやま》から平河内《ひらかわち》に出るのが一番近いだろうな」

甚内は、戸惑いながら告げた。

日笠山は、久能山に続く低いなだらかな山だ。

「日笠山か……」

京之介は、日笠山のある北の方角を眺めた。

「うむ。日笠山は低く、道を詳しく知る者なら二刻もあれば、東海道の平河内に出られる」

「二刻で平河内か……」

平河内は、東海道江尻宿の隣りだ。

江尻宿から江戸迄は、四十一里半の距離だ。

「うむ。だが、日笠山には深い森が続いていてな。慣れぬ者が下手に踏み込むと迷い、平河内に出るも汐崎に戻るも叶わず、森を彷徨《さまよ》った挙げ句に野垂れ死にするのが落ちだ」

甚内は苦笑した。

相良平蔵が、日笠山の深い森を詳しく知っているかどうかは分からない。だが、もし相良自身が裏柳生の一人だったり、忍びの者と一緒だとしたら山越えが出来ない事もない。

京之介は睨んだ。

「京之介、日笠山を越えるのか……」

甚内は眉をひそめた。

「うむ……」

「しかし、日笠山に詳しくはあるまい……」

甚内は心配した。

「一緒に行っては貰えぬか……」

「俺は役目があるから無理だ。しかし、俺以上に日笠山の森に詳しい者を道案内に付ける事は出来るぞ」

「そいつはありがたい……」

京之介は微笑んだ。


日笠山は、三度笠を伏せたような形をして深い緑色に覆われていた。

京之介は、日笠山の麓の村の百姓に聞き込みを掛けた。そして、相良平蔵らしき武士が日笠山に入ったのを知った。

「では左さま、そろそろ参りますか……」

鳥見方下役《しもやく》の孫六《まごろく》が、落ち着いた声を掛けて来た。

孫六は、甚内が付けてくれた道案内で中年の猟師だった。

「うむ。宜しく頼むぞ、孫六……」

「へい。お任せを……」

京之介は、孫六と共に日笠山の森に入った。

森は絡み合う木々の枝葉に覆われて薄暗く、地面は腐った落葉で泥濘《ぬかる》んでいた。

孫六は、猟銃を背負って無造作に茂みを進んで行く。それは、孫六にだけしか分からない獣道なのだ。

京之介は、孫六の背後を進んだ。

孫六は、立ち止まってしゃがみ込んだ。

何かあった……。

京之介は、孫六の傍にしゃがんだ。

「足跡です……」

孫六は、踏みにじられた落葉を示した。

「一人か……」

京之介は尋ねた。

孫六は、辺りの地面を調べた。

「いいや……」

孫六は、指を二本立てた。

「二人か……」

「へい。二人目は目方の軽い奴です」

孫六は、踏み付けられた落葉の捩れ方や沈み方から読んだ。

忍びの者かもしれない……。

京之介は睨んだ。

「どうします。真っ直ぐ平河内に行きますか、それとも足跡を追いますか……」

孫六は、指図を仰いだ。

「この足跡、平河内に向かっているのではないのか……」

京之介は戸惑った。

「川の方に進んでいますよ」

「川……」

「へい。早々と迷っちまったのかも……」

孫六は苦笑した。

「孫六、この足跡、どのぐらい前のものだ」

京之介は尋ねた。

孫六は、眩しげに頭上を見上げた。

頭上を覆う木々の枝葉からは、木洩れ日が僅かに差し込んでいる。

「一刻程前のものですか……」

日笠山は、順調に行けば二刻で山越え出来る。

相良平蔵と忍びの者は、既に森に迷って二刻で日笠山は抜けられない。

「よし、足跡を追ってくれ……」

「へい……」

孫六は頷き、再び森を進み始めた。

京之介は続いた。


折れた小枝、踏み付けられた茂み——。

孫六は、そうしたものを手掛かりに相良平蔵たちを追った。

何匹もの野鼠が、不意に木の根元の茂みから逃げ散った。

孫六は、眉をひそめて立ち止まった。

京之介は、孫六の視線を追った。

視線の先の木の根元には、町人の中年の男女が抱き合うようにして死んでおり、逃げ遅れた野鼠がいた。

「気の毒に、駆け落ちでもして、道に迷ったんですかね」

「うむ……」

京之介と孫六は、中年の男女の死体に手を合わせた。


せせらぎが聞こえた。

孫六と京之介は、森を抜けて渓流の川原に出た。

川原は陽差しに溢《あふ》れ、眩しい程に白く輝いていた。

孫六は、川原の石に付いている乾いた泥の足跡を追った。

足跡は、渓流の畔《ほとり》に続いていた。

「左さま……」

孫六は、飯粒の付いた笹の葉を示した。

「此処で一息入れ、飯を食べたか……」

「へい……」

孫六は、辺りを調べた。

「で、渓流伝いに川上に向かったようです」

「川上を行くと何処に出る」

「平河内から大きく外れて久能山の方に……」

孫六は、渓流の川上を眺めた。

「久能山の方か……」

「へい」

「どのぐらい前に此処を立ったか分かるか」

「おそらく四半刻《しはんとき》程前迄かと……」

「四半刻程前……」

京之介は驚いた。

「道に迷い、かなり疲れていますね」

孫六は睨んだ。

「そうか……」

相良平蔵たちは、川原で飯を食べてゆっくりと身体を休めた。いや、足場の悪い森に迷い、休むしかなかったのだ。

「川原を半刻も進めば、きっと姿が見えるでしょう」

孫六は笑った。

「よし……」

京之介は、煌めく渓流を眩しげに眺めた。

二

渓流は岩に砕け散り、水飛沫を煌めかしていた。

孫六と京之介は、渓流沿いの川原を進んだ。

東海道からどんどん離れて行く……。

京之介は、相良平蔵が日笠山の深い森に迷って苦しんでいるのを知った。

孫六は、立ち止まって辺りを見廻した。

京之介は、孫六を見守った。

孫六は、川原沿いの森の様子を見て歩いた。

「左さま……」

孫六は、京之介を呼んだ。

京之介は、森の傍にいる孫六に近寄った。

「どうやら、此の獣道から森に戻ったようです」

孫六は、森の中に続く獣道を示した。

獣道の茂みには、人の足によって踏み付けられた跡があった。

「渓流沿いに行くと、東海道から離れると気付き、迷っても森を行くしかないと覚悟を決めたか……」

京之介は、相良平蔵の腹の内を読んだ。

「もう遠くはありません」

孫六は、薄暗い森の奥を見詰めて進んだ。

京之介は続いた。

薄暗い森には僅かな木洩れ日が揺れ、鳥の鳴き声が甲高い悲鳴のように響いていた。
孫六は立ち止まり、厳しい面持ちで周囲を見廻した。
相良平蔵たちに追い付いたのか……。
京之介は、辺りに人の気配を探った。
鳥の鳴き声が消えた。
孫六は、背中の猟銃を降ろし、京之介に行く手の大木を示した。
行く手の大木の陰にいる……。
京之介は頷き、孫六に此処にいろと目配せをして大木に向かった。
孫六は、猟銃の火縄に火を点《とも》した。
京之介は、大木に向かって茂みを進んだ。
大木の陰で人影が動いた。
相良平蔵……。
京之介は進んだ。
刹那、殺気が頭上から襲った。

京之介は、頭上を見上げた。

忍び刀を構えた忍びの者が、大木の上から京之介に襲い掛かった。

銃声が鳴り響いた。

忍びの者は、京之介の頭上で弾き飛ばされた。

孫六が猟銃を撃ったのだ。

相良平蔵が、木陰から逃げ出した。

京之介は、追い掛けようとした。だが、肩に銃弾を受けた忍びの者が、血を流しながら京之介に飛び掛かった。

京之介は、振り向き態《ざま》に霞左文字を一閃した。

霞左文字は、忍びの者の腹を横薙ぎに斬り裂いた。

忍びの者は、よろめきながらも京之介に摑み掛かろうとした。

「伏せろ」

京之介は孫六に叫び、大きく跳び退いて物陰に伏せた。

刹那、忍びの者の身体から火が噴き、爆発が起こった。

忍びの者の五体は砕け散り、煙が巻き上がった。

爆発音と煙が次第に治まった。

忍びの者は、京之介を道連れにした自爆を企てたのだ。

京之介は、忍びの者から漂った微かな火縄の臭いに自爆を察知した。

「左さま……」

孫六が、京之介に駆け寄った。

「怪我はないか……」

「へい。お陰さまで……」

孫六は、京之介の叫びに直ぐ身を伏せた。

「一人、森の奥に逃げた」

「へい……」

孫六は頷き、相良平蔵の逃げた森の奥に進んだ。

京之介は、再び相良平蔵の追跡を開始した。

森は深く、何処迄行っても絡み合う木々の枝葉と茂みと苔《こけ》に覆われていた。

孫六は、苦笑しながら立ち止まった。

「どうした……」

京之介は戸惑った。

「左さま、奴は方角を見失い、同じ処をぐるぐる廻っています」

「同じ処を廻っている……」

京之介は眉をひそめた。

「へい。迷い彷徨った挙げ句、自分の通った跡を他人さまが通った跡だと勘違いしているんでしょう」

相良平蔵は、己の通った痕跡を頼りに進んでいるのだ。

「ならば、再び此処を通るのか……」

京之介は苦笑した。

「へい。おそらく向こうから……」

孫六は、森の一方を指し示した。

「よし……」

京之介と孫六は、木陰と茂みに潜んだ。

相良平蔵は、深い森の中を虚しく彷徨っている。

京之介は、孫六の指し示した森の一方を見詰めた。

小鳥の囀りが飛び交い、長閑な時が流れた。

森の一方の木の枝が微かに揺れ、折れる音が小さく鳴った。

京之介は、人の気配を感じた。

孫六は、京之介を窺った。

京之介は頷き、木の枝が微かに揺れた処を見詰めた。

相良平蔵が、疲れ果てた面持ちでやって来た。羽織袴は汚れて破け、その足取りは重くよろめいていた。

京之介は、相良平蔵が蓮華村正らしき刀を持っていないのに気付いた。

囮《おとり》だったのか……。

京之介は、腹立たしさと落胆を覚えながら相良平蔵の前に出た。

相良平蔵は、頬を引き攣らせて身構えた。

「左京之介、先廻りしたか……」

相良は、声を震わせた。

「違う……」

京之介は、小さな笑みを浮かべた。

「違う……」

相良は戸惑った。

「相良平蔵、お前は同じ処を廻っているのだ」

「同じ処……」

相良は狼狽えた。

「そうだ」

「同じ処か……」

相良は辺りを見廻し、己を嘲笑うような笑みを浮かべた。

「相良、蓮華村正はどうした」

「蓮華村正……」

相良は、その眼に狡猾さを蘇らせた。

「左様……」

「蓮華村正は、既に江戸に運ばれている」

「運んでいるのは、裏柳生の忍びか……」

「さあな……」

相良は、己の立場を優位に導こうと惚《とぼ》けた。

惚ける余裕は、裏柳生の忍びではないと云う事だ。

「ならば、料理屋の松風亭で逢っていた若い女だな……」

京之介は、冷笑を浮かべて云い切った。

相良は、微かな動揺を過ぎらせた。

「若い女が太刀を持って東海道を上る。目立たない訳はないな」

京之介は、相良の動揺を煽《あお》った。

「若い女と申しても、裏柳生の草《くさ》、そのような迂闊な真似はせぬ」

相良は、湧き上がる動揺を懸命に抑えようとした。

「裏柳生の草……」

京之介は思わず呟いた。

相良は、己が思わず洩らした言葉に狼狽えた。

「そうか、汐崎藩には裏柳生の草が潜んでいたか……」

京之介は、新たな事実を知った。

裏柳生の草とは、潜入地に長い年月を掛けて根付き、秘事を探り出して裏柳生に報せる役目の者だ。

「その若い女の草が、蓮華村正を持って東海道を江戸に向かっているのだな」

僅かな小鳥の囀りが消えた。

「黙れ……」

相良は、京之介に斬り掛かった。

南無阿弥陀仏……。

京之介は、経を唱えながら霞左文字を抜き打ちに放った。

霞左文字は、閃光となって相良の首筋を襲った。

相良は眼を瞠《みは》り、刀を振り翳《かざ》したまま凍《い》て付いた。

京之介は、残心の構えを取って相良を見据えた。

血が、相良の首から勢い良く噴き出した。

相良は、噴き出す血の勢いに身体をゆっくりと廻しながら仰向けに倒れた。

京之介は、残心の構えを解いた。

小鳥の囀りが蘇った。

京之介は、霞左文字に拭いを掛けて鞘に納めた。そして、相良平蔵の死体に手を合わせて孫六を振り返った。

孫六は、京之介の鮮やかな左霞流を呆然と見詰めていた。

「孫六……」

「へ、へい……」

孫六は我に返った。

「此処からだと、東海道の何処に出る」

「此処からじゃあ……」

孫六は、森を見廻した。

「一番近いのは、平河内の西隣りの岩原《いわはら》辺りですか……」

「よし。急ごう……」

「へい」

京之介は、孫六に誘われて東海道の岩原に向かって森を急いだ。

木々の枝葉は重なり合い、僅かな木洩れ日を揺らした。

薄暗い森を出ると、陽差しは眩しい程に明るかった。

京之介は、明るく広がる田畑を前にして大きく息を吐いて背伸びをした。

「東海道はこっちです……」

孫六は、田畑の間の田舎道を進んで東海道に向かった。

京之介は続いた。


東海道には旅人が行き交っていた。

妖刀蓮華村正は、汐崎城下に潜んでいた裏柳生の草の女によって江戸に運ばれている。

相良平蔵の云った事が、嘘か真実かは分からない。

だが、今は疑い迷っているより、確かめるのが先だ。

東海道岩原に出た京之介は、汐崎藩鳥見方下役を務める猟師の孫六に礼を述べて別れた。

そして、岩原から江尻宿に走った。

夕陽は沈み始め、長い一日の終わりが近付いていた。

江尻の宿は既に旅籠《はたご》の客引きも終わり、夜の静けさを迎えていた。

京之介は、宿場役人を訪れた。そして、刀を持った若い女の旅人がいなかったか尋ねた。

宿場役人は首を捻った。

京之介は読んだ。

裏柳生の草の若い女は、相良平蔵が日笠山に入った頃に汐崎藩の城下を出立し、日暮れ迄に十里程進んだ。

もし、そうだとしたら今夜は何処の宿場にいるのか……。

京之介は、江尻から先の宿場を思い浮かべた。

江尻の次の興津、由井、蒲原、そして吉原の宿……。

吉原は、汐崎藩城下から約十里の距離にある宿場だ。

裏柳生の若い女の草が、どのような身分で汐崎藩に根付いていたかは分からない。

だが、旅慣れている筈はない。

十里も進めず、吉原の手前の蒲原の宿の旅籠に泊まったのかもしれない。

蒲原の宿迄は、ざっと七里……。

馬を走らせれば、夜明け迄には行き着ける。

京之介は、一膳飯屋で腹拵えをした。そして、問屋場で馬を借りて東海道を駆け上った。

疾駆する馬蹄の音が、夜の東海道に響き渡った。


興津から由井の宿……。

京之介は、宿場の問屋場で馬を替えて夜の東海道を駆け抜けた。

真夜中が過ぎた頃、京之介は寝静まっている蒲原の宿に到着した。

京之介は、問屋場に馬を預けて馬小屋の片隅を借りて眠った。

宿場は、早立ちする旅人たちで朝早くから動き出す。

京之介は、旅人たちが早立ちする寅《とら》の刻七つ（午前四時）迄の僅かな時を眠って過ごそうとした。

四半刻が過ぎた時、男の断末魔《だんまつま》の悲鳴が夜の蒲原の宿に響いた。

京之介は、眼を覚まして跳ね起きた、そして、馬方たちと馬小屋を出た。

問屋場の人足《にんそく》たちが、得物《えもの》を手にして宿場外れに向かって走っていた。
京之介は、人足たちを追って走った。

宿場外れの御堂の前には、野宿をしていた二人の旅の雲水《うんすい》が倒れていた。
駆け付けた人足たちは、恐ろしげに顔を見合わせて遠巻きにした。
京之介は、倒れている二人の雲水に駆け寄った。
二人の雲水は、斬り殺されていた。
京之介は、二人の雲水の傷口を検めた。
二人の雲水は、それぞれ見事な一太刀で斬り殺されていた。
妖刀蓮華村正……。
鮮やかな斬り口は、京之介に蓮華村正を思い出させた。
「退《ど》け、退け……」
宿場役人たちが、遠巻きにしていた人足たちを掻き分けて来た。
京之介は、二人の雲水の死体の傍から素早く離れた。
宿場役人たちは、二人の雲水の斬殺を辻強盗の仕業と睨んで手配りをした。

野宿をする雲水が、辻強盗が狙う程の路銀や品物を持っている筈はない。
妖刀蓮華村正が、持つ者の心を操って人を斬らせているだけなのだ。
京之介は、妖刀蓮華村正を奪って血迷った多聞新八郎を思い出した。
妖刀蓮華村正……。
京之介は、蓮華村正の妖刀たる所以《ゆえん》を思い知らされた。
裏柳生の草の女は、蓮華村正を持って既に蒲原の宿を出立した。
京之介は睨み、裏柳生の草の女を追って蒲原の宿を発った。

蒲原の宿から吉原の宿迄は約三里。
京之介は、夜明け前の東海道を急いだ。
早立ちの寅の刻七つも過ぎ、東海道には旅人が行き交い始めた。
夜明け。
京之介は、富士川《ふじがわ》に着いた。
富士川は、東海道にある川の中でも流れが速かった。
京之介は、富士川を渡って茶店で一息入れる事にした。

「おいでなさいまし……」

京之介は、茶店の老亭主に迎えられて縁台に腰掛けた。

「亭主、茶漬けは出来るか……」

「へい」

「ならば、茶漬けを急いで頼む」

「へい。少々お待ちを……」

老亭主は、茶店の奥に入って行った。

京之介は、東海道を江戸に向かう旅人を眺めた。

旅人の中には、刀を持った若い女はいない。刀を持った若い女どころか、一人旅の若い女もいない。

裏柳生の草の女は一人旅ではなく、裏柳生の忍びの者と一緒なのかもしれない。

もし、そうだとすると、見付け出すのは容易ではない。

「お待たせしました……」

老亭主が、茶漬けを持って来た。

「うむ……」

京之介は、江戸に行く旅人を眺めながら茶漬けを食べた。

「亭主、私が来る前に刀を持った若い旅の女が立ち寄らなかったか」

京之介は、老亭主に尋ねた。

「今日のお客は、お侍さまが初めてです」

老亭主は、歯のない口を綻ばせた。

「ならば、店の前を通ったのを見掛けなかったかな」

「刀を持った若い女ですか……」

「うむ……」

「さあ、気が付きませんでしたねえ」

老亭主は、白髪頭を横に振った。

裏柳生の草の若い女は、茶店に立ち寄りもせずに先を急いでいる。

「そうか。造作を掛けたな……」

京之介は、老亭主に茶漬け代を払って東海道に出た。

富士川から吉原の宿の間には、小さな石橋が五十三あるとされている。

京之介は、小さな石橋を次々に渡って東海道を進んだ。

昼前、蒲原の宿から約三里の処にある吉原の宿に着いた。

さあて、どうする……。

京之介は、裏柳生の草の若い女を捜す手立てを考え、吉原の宿の立場《たてば》に立ち寄った。

立場とは、人足や駕籠舁《かごかき》たちが休息する処である。

京之介は、立場の主に刀を持った若い女を見なかったか尋ねた。

「刀を持った旅の若い女ですかい……」

立場の主は眉をひそめた。

「うむ。吉原の宿を通った筈なのだが、見掛けなかったか……」

「さあて、あっしは見掛けなかったが。みんな、刀を持った若い女を知らないかな」

立場の主は、休息をしていた人足や駕籠舁たちに訊いた。

「あの女かな……」

中年の駕籠舁が首を捻った。

「見掛けたか……」

京之介は、中年の駕籠舁に尋ねた。

「ええ。本市場《ほんいちば》で駕籠に乗せて、この宿場の手前の道に入って降りましたよ。なあ……」

駕籠舁は、相棒の若い男に同意を求めた。

「ああ。そう云えば、風呂敷に包んだ長い物を持っていましたぜ」

相棒の若い男が頷いた。

裏柳生の草の若い女……。

「すまぬが、若い女の降りた処に案内してはくれぬか……」

京之介は、駕籠舁に頼んだ。

三

東海道吉原の宿の手前の田舎道を一丁程入った処には、風雨に晒されて目鼻を丸くした古い地蔵尊があった。

「此処か……」

京之介は、駕籠舁たちと古い地蔵尊の前に佇んだ。

「へい……」

駕籠舁たちは頷いた。

京之介は、辺りを見廻した。

緑の田畑が広がり、その奥に古い百姓家が見えた。

「若い女、あの家に行ったのかな……」

京之介は、田畑の奥に見える古い百姓家を示した。

「そうですかね……」

駕籠舁は首を捻った。

「違うと思うのか……」

他に家もなく、若い女の行くような処は見当たらない。

京之介は戸惑った。

「お侍さん、あの家は空き家ですぜ」

「空き家……」

「ええ。何でも二年前に一家揃って首を括《くく》ったって話ですぜ」

中年の駕籠舁は眉をひそめた。

「そうか……」

だが、駕籠を降りた若い女の行く処は、古い百姓家しかないのだ。

ひょっとしたら、古い百姓家で誰かと落ち合う手筈なのかもしれない。その相手は、日笠山を越えて来る相良平蔵なのかもしれない。

「ま、とにかく行ってみる。造作を掛けたな」

京之介は、駕籠舁たちに小粒を渡して古い百姓家に向かった。

「お気を付けて……」

駕籠舁たちは、古い地蔵尊の傍で京之介を見送った。

京之介は、緑の田畑の中にある古い百姓家に進んだ。

緑の田畑は、吹き抜ける風に波打つように大きく揺れた。

古い百姓家は雑草に埋れていた。

京之介は、古い百姓家に忍び寄り、人の気配を探った。

人の気配は微かにした。

京之介は、僅かに開いている板戸から古い百姓家に忍び込んだ。

古い百姓家の中は薄暗くて黴《かび》臭く、湿り気に満ちていた。

京之介は、人の気配を探した。

人の気配は、暗い家の奥に微かに窺えた。

京之介は、土間から囲炉裏《いろり》のある板の間にあがった。そして、板の間の次にある座敷に進んだ。

人の気配は、座敷の奥の襖の向こうに窺えた。

京之介は見極め、座敷に踏み込んだ。

畳は既に腐っており、軋《きし》みながら沈んだ。

京之介は、構わず一気に進んで襖を開けた。

刹那、襖の向こう側から白刃の輝きが京之介に襲い掛かった。

京之介は、咄嗟に身を沈めて白刃の輝きを躱し、襖を蹴倒して向こう側に飛び込んだ。

旅姿の若い女が振り返り、京之介に尚も鋭く斬り掛かった。

裏柳生の草の若い女……。

京之介は、若い女の刀を素早く躱して腕を小脇に抱え込んだ。

「裏柳生の草だな……」

京之介は、若い女に問い質した。

「煩《うるさ》い。離せ……」

若い女は、逃れようと必死に抗った。

「そうは参らぬ……」

京之介は苦笑し、若い女を当て落とした。

若い女は、意識を失って崩れた。

京之介は、若い女が握り締めている刀を取った。

蓮華村正……。

京之介は、刀の両面の刃文を調べた。

ない……。

若い女の持っていた刀には、蓮華村正にある筈の刃文がなかった。

蓮華村正は、互の目《ぐめ》乱れの派手な刃文が両面同じに揃うとされていた。

〝互の目〟とは、刃文の出入りが互い違いになったものを云う。

若い女の持っていた刀には、その互の目乱れの派手な刃文はなかったのだ。

違う……。

京之介は、若い女の持っていた刀が蓮華村正ではないと見定めた。

蓮華村正はどうしたのだ……。

京之介は、辺りに蓮華村正を探した。だが、蓮華村正はなかった。

気を失っている若い女は、汐崎藩に根付いていた草ではないのだ。

裏柳生の只の女忍び……。

京之介は、気を失っている若い女に活《かつ》を入れた。

若い女は、苦しげに呻いて気を取り戻した。

微かな軋みが鳴り、天井から土埃が僅かに舞い落ちた。

罠……。

京之介は、若い女の刀を取って腐った畳に斬り付けた。

次の瞬間、腐った柱が倒され、屋根が土埃を巻き上げて京之介と若い女の上に崩れ落ちた。

土埃が舞い上がり、京之介と若い女を覆い隠した。

古い百姓家の屋根は、音を立てて崩れ落ちた。

雑草が薙ぎ倒され、土埃が大きく舞い上がった。

中年の駕籠舁が、若い駕籠舁と二人の裏柳生の忍びの者を従えていた。

舞い上がった土埃が静まり始めた。

「左京之介を捜し出して、息の根を止めろ……」

中年の駕籠舁は、二人の忍びの者たちに命じた。

二人の忍びの者たちは、土埃の静まった潰れた百姓家に走り、京之介を捜し始めた。

「御刀番左京之介、口ほどにもない……」

中年の駕籠舁は嘲笑った。

「左様で……」

若い駕籠舁は、追従《ついしょう》笑いを浮かべた。

「そうでもないぞ……」

背後で京之介の声がした。

中年の駕籠舁は咄嗟に前に跳び、若い駕籠舁は思わず振り返った。

京之介は、霞左文字を抜き打ちに一閃した。

若い駕籠舁は、喉元を斬り裂かれて声もあげずに仰向けに倒れた。

「おのれ、左京之介……」

中年の駕籠舁は、狼狽えながらも忍び刀を翳して京之介に迫った。

京之介は、倒れた若い駕籠舁の忍び刀を取り、迫る中年の駕籠舁に投げ付けた。

中年の駕籠舁は、唸りをあげて飛来する刀を咄嗟に打ち払った。

刹那、京之介は中年の駕籠舁に一気に迫り、袈裟懸けの一刀を放った。

中年の駕籠舁は、胸から腹を深々と斬られて棒立ちになった。

「な、何故……」

中年の駕籠舁は、苦しげに顔を歪めた。

「腐った柱が倒し容易《やす》いように、腐った床を破るのも容易いと知れ……」

京之介は、屋根が落ちる寸前に畳と床を破り、若い女を連れて縁の下に逃れたのだ。

残るは二人の裏柳生の忍びの者……。

京之介は、霞左文字を構えて潰れた古い百姓家を見据えた。

殺気も気配もない……。

京之介は、既に二人の裏柳生の忍びの者が逃げ去ったのを見定めた。

風が吹き抜け、田畑の緑を波打たせた。

京之介は、雑草の中に倒れている若い女に近付いた。

若い女は、左肩に血を滲ませて懸命に身を起こそうとした。

「動くな……」

京之介は、若い女に静かに告げた。

「殺せ……」

若い女は、敵に助けられた己を恥じて京之介を睨み付けた。

京之介は構わず、若い女の着物をはだけて左肩の傷を検めた。

傷口には、木の破片が突き刺さっていた。

「血は随分出たが、浅手だ……」

京之介は、木の破片を取り除いて手当てを始めた。

若い女は戸惑った。

京之介は、若い女の左肩の傷の血を綺麗に拭い、傷口に傷薬を塗った。

「何故、私を助ける。私はお前を殺そうとした裏柳生の忍びだぞ」

若い女は、戸惑いと悔しさを露《あら》わにした。

「私を殺す為の餌か……」

京之介は苦笑した。

「哀れみは無用……」

若い女は、嗄れた声を震わせた。

「此処で一度死に、生まれ変わるのだな」

京之介は、傷の手当てを終えた。

「生まれ変わる……」

若い女は眉をひそめた。

「そなた、忍びの者には向いていない」

京之介は、真顔で告げた。

「向いていない……」

若い女は困惑した。

「そなた、汐崎藩に根付いた草が誰か知っているか……」

京之介は尋ねた。

「知らぬ……」

若い女は、首を横に振った。その顔に嘘偽りは感じられなかった。

「そうか。ならばこれ迄だが、足腰も倒れた柱に打たれた筈だ。肩の傷と一緒に医者に診て貰うのだな」

京之介は、若い女に云い残して田舎道に向かった。

「ま、待て、左……」

若い女は、京之介を呼び止めた。だが、京之介は振り向きもせずに進んだ。

「待て……」

若い女は、必死に立ち上がろうとした。だが、脚に激痛を感じて崩れた。

「わ、私は楓《かえで》、覚えていろ……」

楓と名乗った若い女は、悔しげに叫んだ。

楓……。

京之介は、田舎道を東海道に急いだ。

道端の古い地蔵尊の頭は、陽差しを浴びて輝いていた。


東海道には旅人が行き交っていた。

吉原の宿を出た京之介は、左手に富士山を見ながら進んだ。

次の宿場は、吉原から約三里の原宿だった。

裏柳生の草の若い女は、蓮華村正を持って既に原宿を通り、次の沼津の宿の辺りにいるのかもしれない。

京之介は先を急いだ。

裏柳生は、京之介に鉾先《ほこさき》を向けて来た。

京之介は、蓮華村正を取り戻そうとして相良平蔵を斃し、江戸に行く裏柳生の草の若い女を追っている。

何れにしろ邪魔者でしかない……。

裏柳生が、京之介を斃そうと付け狙うのは当然の事なのだ。

京之介は己が追っ手であり、追われる者でもあるのを知った。

追うだけの意識に、襲って来る裏柳生の忍びの者に対する警戒心が加わった。

京之介は、柏原《かしわばら》を通り過ぎた。

植田新田《うえだしんでん》、助兵衛新田《すけべえしんでん》、一本松《いっぽんまつ》、そして原宿……。

京之介は、足取りを速めた。


原宿の手前の一本松の道端には、旅人や土地の百姓たちが集まっていた。

京之介は、集まっている者たちの背後から中を窺った。

村役人たちが、二人の髭面の人足の死体を検めていた。

髭面の人足の一人は胸元を赤く染め、もう一人は背中を血に濡らしていた。

「殺されたのか……」

京之介は、前にいる土地の百姓に尋ねた。

「ええ。彼奴《あいつ》ら質《たち》の悪い雲助《くもすけ》でしてね。旅のお侍に集《たか》って逆に斬り殺されたようですよ」

百姓は、清々した面持ちで小さく笑った。

「斬ったのは女ではないのか……」

京之介は、質の悪い二人の雲助が裏柳生の草の若い女を一人旅と侮って集り、蓮華村正に斬り棄てられたのかもしれないと思った。

「いいえ、良く分からねえが、斬ったのは若い小柄なお侍だと聞きましたよ」

「若い小柄な侍……」

質の悪い雲助殺しは、裏柳生の草の若い女の仕業ではなかった。

「へい……」

「で、その若い侍はどうしたのかな……」

「雲助たちを斬って、さっさと行ってしまったって話ですよ」

「どっちに……」

「原宿の方だと聞きました」

「そうか。いや、造作を掛けたな」

京之介は、百姓に礼を云って原宿に急いだ。

原宿は、吉原から三里六丁、江戸日本橋迄三十一里二十丁の処にある。

町は八丁に渡り、三百軒程の家があった。

そして、『若狭屋《わかさ》』と云う旅籠が一軒あった。
京之介は、旅籠『若狭屋』を訪れて若い女客がいないか尋ねた。
旅籠『若狭屋』に若い女客はいなかった。
裏柳生の草の若い女は、既に原宿を過ぎて沼津の宿に向かっている。
沼津の宿迄は一里半だ。
京之介は、沼津の宿に急いだ。
千本松原《せんぼんまつばら》を過ぎ、行く手に沼津城の天守閣が見えて来た。
沼津の宿だ。

沼津の宿は、駿河国沼津藩五万石水野《みずの》家の城下町だ。
城下町は賑わっていた。
沼津には本陣もあり、旅籠も何軒かある。
京之介は、旅籠を訪ね歩いて裏柳生の草の若い女を捜そうとした。
陽は既に大きく西に傾いている。
京之介は、裏柳生の草の若い女の動きを読んだ。

裏柳生の草の若い女が、このまま東海道を進んでも箱根の関所を越えるのは明日になる。

明日、出来るだけ早く箱根の関所を越えるには、沼津の次の三島の宿迄進んでおくべきなのだ。

三島の宿は伊豆であり、沼津から一里半の処にある。

後一刻もあれば、三島の宿に行き着くには充分だ。

日暮れ迄には着く……。

京之介は、若い女の動きを読み続けた。

となれば沼津の宿に泊まらず、三島の宿迄行く筈だ。

「よし……」

京之介は、沼津城下での旅籠の聞き込みを止めて三島の宿に急いだ。

石田《いしだ》、黄瀬川《きせがわ》、八幡《やはた》、向新宿の一里半の道程を過ぎれば、三島の宿になる。

京之介は、足取りを速めて東海道を進んだ。

西に傾いた陽は、空を次第に赤く染め始めた。

夕暮れ時の旅人は、口数も少なく先を急いでいた。

京之介は急いだ。


夕暮れ時の三島の宿は、旅人と客を引く旅籠の番頭や女中で賑わっていた。

京之介は、半刻程で一里半の道程を歩き抜いて三島の宿に着いた。

三島の宿から箱根の宿迄は三里二十八丁あり、箱根の関所はその先にある。

箱根の宿に足を延ばせば、如何に急いでも着くのは夜中になる。

裏柳生の草の若い女は、三島の宿に必ず宿をとっているのだ。

京之介は睨み、客引きの旅籠の番頭や女中に刀を持った若い女が泊まっていないか尋ね歩いた。だが、刀を持った若い女が泊まっている旅籠はなかった。

睨みは外れたのか……。

京之介は、微かな焦りを覚えた。

三島の宿に必ずいる……。

京之介の勘は、微かな焦りを打ち消した。

日は暮れ、旅籠の客引きも終わった。

入浴と夕食の終わった旅人は、翌日の早立ちを目指して疲れた身体を早々に横たえた。

三島の宿は寝静まった。

京之介は、旅籠『幡《はた》屋』に泊まり、夜明け前から宿場の江戸に向かう辻に立ち、早立ちをする旅人に裏柳生の草の若い女を捜す事にした。

時の鐘が丑《うし》の刻八つ（午前二時）を告げた。

京之介は、旅籠『幡屋』の二階の客室で二刻程の眠りから目覚めた。

眠りは深く、京之介は五体に新たな力が湧くのを覚えた。

京之介は顔を洗い、身仕度を整えた。そして、霞左文字を手にした時、外から男たちの怒号が聞こえた。

京之介は、窓の障子を開けて外を覗いた。

月明かりに照らされた往来では、数人の男が白刃を煌めかせて斬り合っていた。

京之介は、霞左文字を手にして客室を駆け出した。

旅籠『幡屋』を出た京之介は、往来の先で斬り合っている男たちを見た。
三度笠に縞の合羽《かっぱ》の渡世人《とせいにん》たちが、塗笠を被った小柄な旅の武士を取り囲んでいた。
三人の渡世人が、長脇差《ながどす》を握り締めて既に地面に倒れていた。
小柄な武士……。
京之介は、二人の質の悪い雲助を斬り棄てた小柄な若い侍を思い出した。
塗笠を被った小柄な旅の武士は、斬り掛かった渡世人に刀を閃かした。
刀の閃きは、妖しい紫色の輝きとなって渦を巻いた。
斬り掛かった渡世人は、血飛沫を振り撒いて仰向けに倒れた。
蓮華村正……。
京之介は、塗笠を被った小柄な武士の刀が蓮華村正だと気付いた。
何故だ……。
何故、塗笠を被った小柄な武士が、蓮華村正を持っているのだ。
京之介は戸惑った。
塗笠を被った小柄な武士は、蓮華村正を構えて渡世人たちに迫った。

渡世人たちは怯み、後退りをした。

戸惑っている暇はない……。

京之介は地を蹴った。

塗笠を被った小柄な武士は、駆け寄って来る京之介に気付いて身を翻し、夜明け前の暗がりに逃げた。

京之介は追った。だが、塗笠を被った小柄な武士は、暗がりに消え去った。

四

寅の刻七つ、早立ちの時は過ぎた。

京之介は、東海道三島の宿の外れに立ち、早立ちする旅人たちに塗笠を被った小柄な武士を捜した。

早立ちする旅人たちの中には、塗笠を被った小柄な武士はいなかった。そして、裏柳生の草の若い女も現れはしなかった。

夜が明けた。

塗笠を被った小柄な武士は、渡世人と斬り合った足で三島の宿を出たのだ。

京之介は、三島の宿を出て箱根の宿に向かう事にした。

箱根の宿迄は、三里二十八丁ある。

京之介は先を急いだ。

塗笠を被った小柄な武士は、裏柳生の忍びの者なのか……。

裏柳生の草の若い女は、塗笠を被った小柄な武士に何処で蓮華村正を渡したのか……。

そして、裏柳生の草の若い女はどうしたのか……。

京之介は、湧き上がる疑念を噛み締めながら東海道を進んだ。

東海道は、一《いち》の山《やま》を過ぎて箱根の山道に入った。

三ッ屋《みや》、笹原《ささはら》、山中《やまなか》、そして箱根の宿になる。その三里程の道は、登り下りが次第に険しくなった。

京之介は、先を行く旅人を追い抜きながら足早に進んだ。だが、塗笠を被った小柄な武士の後ろ姿は容易に見付けられなかった。

東海道は左右の木々に覆われ、陽差しは木洩れ日の揺れる煌めきとなった。

京之介は、木洩れ日の揺れる煌めきを眩しげに見上げた。

不意に或る想いが衝き上げた。

京之介は、思わず立ち止まった。

そうか……。

塗笠を被った小柄な武士は、裏柳生の草の若い女なのだ。

裏柳生の草の若い女は、武士の姿に形《なり》を変えて道中を続けていたのだ。

京之介は気付いた。

蒲原の宿での雲水二人、原宿の手前での二人の雲助、三島の宿での渡世人——。

しかし、如何に裏柳生の草とは云え、非力な女の身でそれだけの男たちを無残に斬り棄てる事が出来るのか……。

京之介は眉をひそめた。

妖刀蓮華村正……。

裏柳生の草の若い女は、妖刀と称される蓮華村正を持っているのだ。

妖刀蓮華村正が持つ者を血迷わせ、まるで別人に変えてしまうのは、多聞新八郎で裏付けられている。

裏柳生の草の若い女は、妖刀蓮華村正を持っている限り、血迷っていないとは云い切れないのだ。

雲水、雲助、渡世人たちを斬ったのは、裏柳生の草の若い女ではなく、妖刀蓮華村正なのかもしれない。

妖刀蓮華村正は、裏柳生の草の若い女を血迷わせている。

京之介は、塗笠を被った小柄な武士が、裏柳生の草の若い女だと見定めた。


東海道の険しさは続いた。

京之介は、二里程の道程を歩き、箱根の宿の手前の山中に着いた。

山中には立場や休所《やすみどころ》があり、箱根の宿迄一里二十八丁の処にあった。

京之介は、休所『大和屋《やまと》』に立ち寄り、塗笠を被った小柄な武士を捜した。だが、塗笠を被った小柄な武士はいなかった。

京之介は、休所の亭主に塗笠を被った小柄な武士が立ち寄らなかったか尋ねた。

「ああ。塗笠を被った小柄なお侍なら、四半刻前に通りましたよ」

休所の亭主は、塗笠を被った小柄な武士を見掛けていた。

「四半刻前か……」

「へい……」

「一人だったか……」

「此処で誰かと話していたようですが、箱根の宿には一人で向かいましたよ」

「話していた相手、どんな者だったかな」

「さあ、やっぱりお侍だったと思いますが……」

休所の亭主は、はっきりと覚えてはいなかった。

裏柳生の忍びの者かもしれない……。

もし、そうなら裏柳生の忍びの者は、塗笠を被った小柄な武士を秘かに警固しているのだ。

京之介は読んだ。

箱根の宿迄は、後一里と二十八丁。

山中を四半刻前に発ったのなら、箱根の宿には昼前に着く。そして、一気に箱根の関所を抜けるのかもしれない。

よし……。

京之介は、休所を出て先を急いだ。

箱根の宿は相模国《さがみ》であり、江戸日本橋から二十四里二十八丁の処にある。

京之介は、七丁・百五十余軒の町である箱根の宿に入った。

裏柳生の草の若い女は、忍びの者たちに護られて箱根の関所に向かっている筈だ。

京之介は、箱根の宿で立ち止まらず、箱根の関所に進んだ。

関所とは、〝入り鉄砲に出女〟の言葉で表わされるように、諸大名による鉄砲の江戸への持ち込み、江戸にいる大名の妻子の国許逃亡を防ぐのを役目とした。そして、通行には手形を必要とした。

関所を破ったり、関所を通らず〝山抜け〟をした時は極刑に処せられた。

箱根の関所には弓や鉄砲が常備され、小田原藩士の番頭《ばんがしら》、横目《よこめ》、番士、足軽、中間、人見女《ひとみおんな》などが詰め、修理などの経費は幕府が負担していた。そして、箱根の関所は、卯《う》の刻六つ（午前六時）から酉《とり》の刻六つ（午後六時）迄、開かれていたのだ。

通行者は笠や頭巾を取り、駕籠の大名は引戸を開けるのを義務付けられていた。

そして、人見女とは〝女改役方《おんなあらためやくかた》〟とも呼ばれ、不審な女や大名家の身分の高い女を改めた。

大名家の駕籠に乗った姫を見て、「お髪長、御年、十五、六歳にございます」と告げ、その着物の八ツ口から手を入れ、乳房を触って女に間違いないと見定め、「まぎれもございませぬ」と番頭に報せるのが役目だ。

それは俗に〝乳房《ちち》改め〟と呼ばれていた。


京之介は、箱根の関所の厳しい改めを思い浮かべた。

裏柳生の草の若い女が、武士に姿を変えた処で塗笠を取れば女だと知れる。だから と云って女の姿に戻れば、所持をしている蓮華村正が不審を招くのは必定《ひつじょう》だ。

京之介は想いを巡らせた。

忍びの者たちと関所を破るか、山抜けをするか……。

関所を破って騒ぎを起こすのは下策であり、山抜けは時が掛かり過ぎる。

裏柳生の草の女は、蓮華村正を警固の忍びの者に預け、武士の姿から女の姿に戻って関所を通る。

当たり前の姿が最も目立たなく、他人に不審を抱かせないのだ。

京之介は睨んだ。

箱根の関所が行く手に見えた。


番士たちの警戒する箱根の関所内には、高札場《こうさつば》、面番所《めんばんしょ》、足軽番所、獄屋《ごくや》、遠見《とおみ》番所などがあった。

京之介は、面番所にいる番頭や横目の前に進み出た。

番頭は、僅かな戸惑いを見せた。

「お通りになられるが宜しい……」

箱根の関所は、江戸から京に向かう時に手形が必要であり、江戸に入る時には不要であった。

「番頭どの、つかぬ事を伺うが、拙者の前に柳生藩に拘わる者は通りませんでしたか……」

京之介は尋ねた。

「柳生藩に拘わる者……」

「左様、若い女なのだが……」

「柳生藩に拘わる若い女ですか」

手形は不要だが、女は行き先を告げねばならなかった。

「ええ……」

「そう云えば、柳生藩江戸下屋敷に行くと云う若い女が通りましたが……』

番頭は、京之介に探る眼差しを向けた。

「通った……」

睨み通り、裏柳生の草は女の姿に戻って関所を通ったのだ。

「左様。その若い女が何か……」

番頭は眉をひそめた。

「いえ。その者が国許を出てから急ぎ報せなければならぬ事が出来ましてな。拙者が報せようと追って来た訳です」

京之介は、吐息混じりに言い繕った。

「それは御苦労な……」

番頭は、京之介に同情した。

「して、その若い女に連れはおりませんでしたか……」

「さあ、いなかったと思うが……」

番頭は首を捻った。

「左様ですか。いや、御造作をお掛け致した。御免……」

京之介は、番頭に礼を云って箱根の関所を出た。


裏柳生の草の女は、既に箱根の関所を通って小田原に向かっている。

京之介は、箱根の関所を出て山道を小田原に急いだ。

相模国小田原藩の城下町迄は四里余り。

京之介は、裏柳生の草の若い女を追って山道を進んで畑《はた》の宿に出た。

畑の宿には、立場や茶店があった。

京之介は、茶店に立ち寄った。そして、茶店の老爺に関所を通って来た若い女が立ち寄らなかったか尋ねた。

「お侍さんのお尋ねの女かどうかは分かりませんが、若い女なら妙なのが一人おりましたよ」

茶店の老爺は、白髪眉をひそめた。

「妙な若い女……」

「へい」

「その若い女、箱根の関所を通って来たのに間違いないのだな……」

京之介は、茶店の老爺に小粒を握らせた。

「こいつはどうも……」

老爺は、嬉しげに小粒を握り締めた。

「で……」

京之介は、老爺に話の先を促した。

「へい。その若い女の人、うちに寄ったんですが、後から来た若いお侍さんに声を掛けましてね。ですが、その若いお侍さん、知らん顔をして通り過ぎて行ったんです。そうしたら、若い女の人は慌てて追い掛けて行きましてね。どうぞ……」

老爺は、話をしながら京之介に温茶を差し出した。

「すまぬ。若い女、後から来た若い侍を慌てて追って行ったんだな」

京之介は、温茶を飲んだ。

「へい……」

老爺は頷いた。

若い女が裏柳生の草だとしたら、後から来た若い侍は裏柳生の忍びの者なのかもしれない。だが、もしそうなら何故、草の若い女を無視して通り過ぎて行ったのだ。

そして、若い女は若い侍を慌てて追った。

何があったのだ……。

京之介は、微かな困惑を覚えた。

「父《と》っつぁん、邪魔するぜ」

中年の馬方が、背に荷を積んだ馬を引いて小田原からやって来た。

「おう。今日は遅かったな」

「ああ。三枚橋《さんまいばし》で斬り合いがあってな。丁度行き逢わせて手間取っちまった」

中年の馬方は、腹立たしげに告げた。

「三枚橋で斬り合いだと……」

京之介は眉をひそめた。

「ええ。訳は分からねえが、若い侍が旅の女を斬ろうとしたんです。そこに浪人や行商人が止めに入って斬り合いですよ」

「で、斬り合い、どうなった……」

「若い侍が、止めに入った浪人を斬って林に逃げ込みやがってね。行商人と若い女が追っ掛けて行きましたぜ」

馬方は、老爺の出した出涸《でがら》しの温茶をすすった。

「若い侍が浪人を斬り、行商人と若い女が追ったか……」

おそらく、若い女と浪人を斬った若い侍は、茶店の主の老爺が妙だと思った者たちに他ならない。

そうか……。

京之介は、事態を解き明かす一つの事に思い当たった。

「斬り合いは三枚橋だな」

「へ、へい……」

馬方は頷いた。

京之介は、茶店を出て三枚橋に急いだ。

三枚橋には庄屋や村役人たちが集まり、旅人たちが眉をひそめ囁き合いながら行き交っていた。

京之介は、庄屋や村役人たちに駆け寄った。

「斬り合いがあったそうだな」

京之介は尋ねた。

「えっ、ええ……」

村役人は、戸惑いながら頷いた。

「お侍さま……」

「斬られた浪人は何処だ……」

「私の知り合いの者かもしれぬ」

京之介は遮った。

「そうですか。それならば、こちらに……」

村役人は、京之介を三枚橋の袂《たもと》に誘った。

三枚橋の袂の茂みには、筵《むしろ》の掛けられた浪人の斬殺死体があった。

京之介は手を合わせ、浪人の死体の斬り口を検めた。

斬り口は鮮やかな一太刀の痕だった。

蓮華村正で斬った痕……。

京之介は睨んだ。

「お侍さまのお知り合いにございますか」

村役人は、遠慮がちに尋ねた。

「いや。違った。それで、斬った者は如何致した……」

京之介は訊いた。

「は、はい。塔《とう》ノ沢《さわ》の方に逃げたそうにございます」

「塔ノ沢の方か……」

塔ノ沢は、早川《はやかわ》渓谷に臨み、遊山《ゆさん》や湯治の客で賑わっている箱根七湯の一つだ。

京之介は、塔ノ沢への道を急いだ。


裏柳生の忍びの若い侍は、忍び仲間の浪人を斬り、塔ノ沢の方に逃げた。そして、裏柳生の草の若い女と行商人が追ったのだ。

裏柳生の忍びの若い侍は、草の若い女が箱根の関所を通る時、蓮華村正を預かった。そして、無事に関所を通った後、畑の宿の茶店で草の若い女に蓮華村正を返す手筈だった。だが、若い侍は、蓮華村正を草の若い女に返さなかった。

返さなかったのは、何者かに命じられての事か、それとも蓮華村正の妖しさに魅入られて手放したくなくなったのか……。

京之介は、事態を読みながら塔ノ沢への温泉道を進んだ。

血の臭い……。

京之介は、傍らの雑木林から漂う微かな血の臭いに気付いた。

京之介は、雑木林に入って血の臭いを辿った。

血の臭いは次第に強くなった。

京之介は、雑木林の奥の茂みに進んだ。

血の臭いは、雑木林の茂みから漂っていた。

雑木林の茂みの中に旅の薬売りが血塗れになって斃れていた。

草の若い女と若い侍を追った行商人……。

京之介は睨み、薬売りの傷を検めた。

薬売りは、肩から腹に袈裟懸けの一刀を受けて死んでいた。

三枚橋で斬られた浪人同様、鮮やかな斬り口だった。

蓮華村正……。

京之介は、薬売りを斬り殺したのは若い侍、裏柳生の忍びの者だと睨んだ。そして、斬り殺された浪人と薬売りは、草の女を秘かに警固していた裏柳生の忍びの者なのだ。

草の若い女はどうした……。

京之介は、辺りに若い女の死体を捜した。

だが、死体はなかった。

草の若い女は、蓮華村正を手にした裏柳生の若い忍びの者に追われて逃げたのか、それとも追ったのかもしれない。

多聞新八郎、裏柳生の草の若い女、そして裏柳生の忍びの者……。

いずれにしても、蓮華村正を手にした者は血迷ったように人を斬る。

そこに蓮華村正が、妖刀と称される謂《いわ》れがあるのだ。

京之介は、妖刀蓮華村正の恐ろしさを改めて思い知らされた。

塔ノ沢に行ってみるしかない……。

京之介は、塔ノ沢に続く温泉道に戻った。

塔ノ沢から山駕籠がやって来た。

山駕籠は大店《おおだな》の隠居を乗せ、用心棒らしき浪人や手代たちが一緒だった。

京之介は立ち止まった。

用心棒の浪人が山駕籠を止め、京之介を見据えて進み出て来た。

「我らに何か用か……」

用心棒の浪人は、油断なく身構えて尋ねた。

「怪しい者ではない……」

京之介は微笑んだ。

「三枚橋で若い侍が浪人を斬ってな。塔ノ沢の方に逃げたと聞いて追って来たのだが、御存知ないか……」

京之介は尋ねた。

「お侍、その人斬り野郎なら、もう江戸に向かったようですぜ」

駕籠舁が告げた。

「まことか……」

「へい。村役人と旅籠の旦那衆がそう云っていましたぜ」

「そうか……」

「すまぬが我らは先を急ぐ。御免」

用心棒の浪人は、駕籠舁を促した。

「御造作をお掛け致した」

京之介は礼を述べた。

山駕籠は、用心棒の浪人と手代たちを従えて立ち去った。

裏柳生の若い忍びの者は、既に塔ノ沢から江戸に向かった。

それは、何者かに命じられての事なのかもしれない。

草の若い女も一緒なのか……。

京之介は、顔も名も知らない草の若い女が気になった。

いずれにしろ、妖刀蓮華村正は持ち主を変えながら江戸に向かっている。

京之介は、東海道に戻ることにした。

第三章　流転の草

一

相模国小田原藩十一万三千石の城下町迄はあと僅かな距離だ。
京之介は急いだ。
背後から来た山駕籠が、京之介を追い抜いて停まった。
山駕籠から旅姿の女が降り立ち、京之介に駆け寄って来た。
「京之介さま……」
旅姿の女は、駆け寄りながら京之介の名を呼んだ。
京之介は戸惑い、駆け寄る旅姿の女を見詰めた。

「おお、美保どのではないか……」

旅姿の女は、京之介の友である汐崎藩鳥見方組頭・島村甚内の妹の美保だった。

「はい。やっと追い付きました」

美保は、嬉しげな笑みを浮かべた。

「どうしたのだ……」

京之介は驚いた。

「兄の言葉をお伝えしに追って参りました」

「甚内の言葉……」

「はい。兄は日笠山から戻った孫六さんからいろいろ話を聞き、汐崎城下に住む若い女で姿を消した者を捜しました」

甚内は、裏柳生の草の若い女を捜したのだ。

「して……」

京之介は、美保に話を促した。

「はい。捜した処、納戸頭広瀬仁左衛門さまの娘、志麻《しま》さまがお姿を消していたと……」

美保は、美しい眉をひそめて告げた。

「広瀬さまの娘の志麻どのが……」

京之介は困惑した。

納戸頭の広瀬仁左衛門は、御刀番である京之介の上役であり、今は殿の堀田宗憲の参勤に従って江戸上屋敷にいる。そして、娘の志麻は、物静かな娘だった。

「広瀬さまの家が裏柳生の草だったとは、兄も驚いていました」

「うむ……」

驚きは京之介も同じだった。

「それで、兄が一刻も早く京之介さまにお報せしなければと云い。お役目のある兄に代わって私が急ぎ参りました」

「そうか、御苦労でした」

「いいえ……」

美保は微笑んだ。

微笑みには、微かな窶《やつ》れが窺われた。

「それで京之介さま、蓮華村正は……」

美保は、心配を滲ませた。

「美保どの、間もなく小田原城下だ。とにかく何処かで一息入れよう」

京之介は、小さな笑みを浮かべた。


小田原は江戸から二十里二十丁の処にあり、連なる家並みの向こうには小田原城の天守閣が見えた。

城下町は東西二十五丁に渡り、土地の者や旅人たちで賑わっていた。

京之介は、美保を伴って旅籠『清水屋《しみず》』にあがった。

二階の客室に入った美保は、疲れたように座り込んだ。

京之介は、蓮華村正が裏柳生の草の若い女から忍びの者の手に渡ったのを教えた。

「志麻さまから忍びの者に……」

美保は吐息を洩らし、女中の淹れてくれた冷えた茶を飲んだ。

京之介は、客室の窓から夕方の東海道を眺めた。

夕方の東海道には、様々な旅人が足早に行き交っていた。

裏柳生の忍びの者は、蓮華村正を持って江戸に向かっている。

江戸迄二十里二十丁。

常人の足では二日の行程だ。だが、忍びの者の足ならもっと早く行ける筈だ。

此処で休んでいる暇はない……。

京之介は、焦りを覚えた。

「美保どの、これからどうする。此処から汐崎に帰るか……」

「いえ。宜しければ、兄の代わりに京之介さまのお手伝いを……」

「美保どの、そいつは無理だ……」

京之介は苦笑した。

「無理……」

「相手は蓮華村正を持って血迷った裏柳生の忍びの者。私でも始末出来るかどうか……」

「それ程の者ならば、私は足手纏《あしでまと》い……」

「左様……」

京之介は頷いた。

「そうですか……」

美保は、肩を落とした。

「美保どの、私はこれから城下を廻り、裏柳生の忍びの者を捜す。そして、おそらくそのまま江戸に向かう……」

「分かりました。ならば私は江戸に赴き、上屋敷にいる叔母の許に参ります」

甚内と美保兄妹の亡き母の妹は、家中の江戸詰の者に嫁いで愛宕下の汐崎藩江戸上屋敷で暮らしていた。

「それが良い。江戸迄後二十里、充分に気を付けて参られよ」

京之介は、霞左文字を手にして立ち上がった。

「はい。江戸でお待ち致しております」

美保は微笑んだ。

「うむ。ではな……」

「御武運をお祈り致します」

美保は、手をついて京之介を見送った。

客室に差し込んでいた西陽は、ゆっくりと赤くなっていく。

夕暮れ時、小田原城下は旅人で賑わった。

京之介は、蓮華村正を持っている若い侍と草の広瀬仁左衛門の娘の志麻を捜した。

だが、蓮華村正を持つ若い侍や志麻はいなかった。

若い侍は既に小田原を発ち、大磯に向かっているのかもしれない。

京之介は、夕暮れの小田原城下を眺めた。

行き交う旅人の中に、左脚を引き摺《ず》る若い女がいた。

裏柳生の女忍び……。

京之介は、左脚を引き摺る若い女が吉原の宿の手前の空き家で京之介に襲い掛かり、仲間に殺され掛けたくノ一だと気付いた。

「私は楓、覚えていろ……」

京之介は、背中に聞こえた楓の悔しげな叫び声を思い出した。

くノ一の名は楓……。

楓は、古い百姓家の屋根が崩された時、脚を激しく打たれた。左脚を引き摺っているのはその所為《せい》なのだ。

京之介は、楓を尾行た。

楓は、夕暮れの小田原城下を出て東海道を一色《いっしき》に向かった。

何処に行く……。

京之介は、慎重に追った。


日は暮れた。

楓は左脚を引き摺り、一色の外れの寺に向かった。

京之介は追った。

寺は無住の荒れ寺だった。

楓は、雑草の生い茂った荒れ寺の境内に入った。そして、油断なく辺りを窺い、暗い本堂に入った。

裏柳生の忍びの者が、秘かに使っている忍び宿なのかもしれない。

京之介は、境内に忍びの者の気配を探しながら本堂に進んだ。

忍びの者が、潜んでいる気配は窺えなかった。

京之介は、足音を忍ばせて階《きざはし》を上がり、回廊の暗がりに潜んで僅かな隙間から本堂の中を窺った。

楓は、隅にあった古い燭台を本堂の真ん中に持ち出し、残っていた蠟燭《ろうそく》に火を灯した。
燭台の明かりは、古びた本堂を仄かに照らした。
楓は、燭台の明かりの届く外れに座った。
京之介は回廊の暗がりに潜み、己の気配を消して楓を見守った。
楓は、座ったままだった。
僅かな時が過ぎた。
燭台の火が激しく揺れた。
「三郎太《さぶろうた》か……」
楓は、本堂の暗がりを見廻した。
京之介は見守った。
精悍な面魂《つらだましい》の若い侍が、祭壇の背後から現れた。
「三郎太……」
楓は、燭台の明かりの内に入った。
三郎太と呼ばれた若い侍は、腰から刀を外して楓の前に座った。

京之介は、三郎太の刀を見詰めた。

蓮華村正……。

三郎太の刀は、妖刀蓮華村正だった。

捜していた裏柳生の若い侍は、三郎太なのだ。

京之介は見定めた。

「楓、無事だったのか……」

三郎太は、楓を見詰めた。

「ああ。伊佐《いさ》と弥十郎《やじゅうろう》に餌として殺されそうになったがな……」

楓は、悔しさを滲ませた。

伊佐と弥十郎とは、京之介に罠を仕掛けた駕籠舁たちなのだ。

京之介は知った。

「まこと良く助かったな……」

三郎太は、楓に笑い掛けた。

冷たい笑いだった。

刹那、楓は背後の暗がりに跳び退いた。

三郎太は、蓮華村正を一閃した。

蓮華村正から妖しい紫色の輝きが放たれた。

三郎太は、そのまま本堂の扉を蹴破り、回廊に出た。


回廊の暗がりに京之介はいなかった。

三郎太は、鋭く辺りを窺った。

境内に生い茂る雑草が揺れた。

三郎太は、揺れた雑草に飛び降り、蓮華村正を一閃した。

斬られた雑草が飛んだ。

揺れた雑草の処には誰もいなかった。

三郎太は戸惑った。

次の瞬間、京之介が回廊の下から飛び出し、三郎太に霞左文字の抜き打ちの一刀を放った。

三郎太は、大きく跳び退いて躱した。

京之介は、間合いを一気に詰め、尚も霞左文字で鋭く斬り掛かった。

三郎太は、蓮華村正で必死に斬り結びながら後退した。
京之介に容赦はなかった。
霞左文字の煌めきは、蓮華村正の妖しい紫色の輝きを散らした。
忍びの者の三郎太の剣は、京之介の左霞流の敵ではなかった。
三郎太は、本堂の回廊に跳んで逃げた。
京之介は、追って跳ぼうとした。
三郎太は、十字手裏剣を放った。
京之介は、咄嗟に横手に跳んで躱した。
三郎太は、その隙を突いて本堂に駆け込んだ。
京之介は、回廊に跳び上がって本堂に踏み込んだ。

燭台の火が激しく揺れた。
京之介は、油断なく本堂を見廻した。
本堂には、真ん中に火の灯された燭台があるだけで人影はなかった。
三郎太は逃げ去った。そして、楓も消えていた。

京之介は見定めた。

三郎太は、おそらく江戸に向かったのだ。

京之介は荒れ寺を後にした。

燭台の火は、本堂を仄かに照らし続けた。


夜の東海道は月明かりに照らされ、人影は窺えなかった。

大磯の宿迄は四里。

京之介は、夜の東海道を足早に進んだ。そして、月明かりを頼りに酒匂《さかわ》川を渡った。

小八幡《こやはた》、前川《まえかわ》、町屋……。

京之介は進んだ。

三郎太は蓮華村正をどうするのか……。

裏柳生を裏切って蓮華村正を奪ったのなら、持ち込み先を突き止めれば背後に潜むのが何者か分かる。だが、その時は汐崎藩が窮地に追い込まれるのかもしれない。

そして、三郎太が蓮華村正の妖気に魅入られての仕業なら、その動きは容易に読めない。

いずれにしろ妖刀蓮華村正を取り戻し、一刻も早く始末するしかない。

京之介は、微かな焦りを覚えた。

楓はどうしたのか……。

京之介は、くノ一の楓の動きが気になった。

小田原の城下に現れ、京之介を誘うように一色の荒れ寺に行ったのが妙に思えてならなかった。

楓には、何か狙いがあったのかもしれない。

京之介は、何故かそう思えた。

押切《おしきり》、梅沢《うめざわ》……。

京之介は、歩みを緩めなかった。

消息を絶った裏柳生の草の志麻はどうしたのだ……。

京之介は、志麻の父親の広瀬仁左衛門が裏柳生の草だとは信じられなかった。だが、友の島村甚内が偽りを報せてくる筈はない。

京之介は、小磯《こいそ》を抜けて大磯の宿に差し掛かった。

子《ね》の刻九つ（午前零時）。

京之介は、四里の道程を一気に歩き抜いて大磯の宿に着いた。そして、宿場の手前にある御堂で足を止めた。

今から大磯の宿に入っても泊めてくれる旅籠はなく、休息する茶店や一膳飯屋も商いをしている筈はない。

京之介は、虫の音《ね》の響く御堂に入った。

堂内に潜り込んでいた虫が、入って来た京之介に驚いて鳴き止んだ。

御堂には、観音像と思われる古い木彫りの仏像が安置され、隅に祭りの道具が置かれていた。

京之介は、狭い御堂の中に不審はないと見定めた。そして、霞左文字を腰から外して壁際に座り、夜明け迄の間に仮眠を取る事にした。

虫の音が再び響き始めた。

京之介は、眠りに就く間、美保を思い浮かべた。

美保は、若い女の身で汐崎から一人で東海道をやって来た。

如何に兄の島村甚内に命じられたとしても、そこには並々ならぬ覚悟があった筈だ。

京之介は感心した。

虫の音は軽やかに続いた。


大磯は十丁に渡って二百五十余軒の家並みが続く宿場であり、江戸から十六里二十丁の処にあった。

京之介は、夜明け前に大磯の宿を抜けて江戸への出口に赴いた。そして、江戸に向かって早立ちをする旅人に三郎太を捜した。だが、三郎太はおろか楓や草の広瀬志麻が通る事もなかった。

三郎太は、昨夜の内に大磯の宿を通り、次の平塚の宿に泊まったのかもしれない。

大磯の宿から平塚の宿迄は、僅か二十七丁の距離だ。

京之介は、東海道を平塚の宿に急いだ。

平塚の宿には、旅人たちが行き交っていた。

京之介は、旅籠や茶店に聞き込みを掛けて三郎太の足取りを探した。だが、三郎太の足取りは摑めなかった。

「そう云えば、お侍さまと同じ事を訊いた人がいましたよ」

茶店の中年の女主は、怪訝な面持ちで京之介を見た。

「私と同じ事を訊いた……」

「ええ……」

女主は頷いた。

「訊いたのはどのような者だ」

「旅の若い女の人でしたよ」

「若い女……」

京之介は眉をひそめた。

「ええ。歩く時、左脚をちょっと引き摺っていましてね」

京之介は、楓が三郎太を追っているのを知った。

楓だ……。

「して、その若い女、どうした……」

京之介は、茶店の女主に尋ねた。

「捜す相手はもう馬入川《ばにゆうがわ》を渡ったかもしれないと、急いで発ちましたよ」

「それはいつ頃の事だ」

「そうねえ。四半刻ぐらい前でしたか……」

楓は、四半刻程前に平塚の宿を発っている。

「そうか、造作を掛けたな」

京之介は、女主に礼を述べて茶店を出た。そして、平塚の宿を後にした。

京之介は、漸く三郎太の足取りの欠片《かけら》を掴んだ。

その足取りの欠片は、楓によってもたらされたのだ。

一色の荒れ寺に続き……。

京之介は、楓の動きが気になった。


馬入川は相模川とも呼ばれ、その流れは緩やかだった。

渡し船は、大勢の旅人を乗せて対岸の中島《なかじま》と往復していた。

京之介は渡し船に乗り、老船頭に三郎太と左脚を引き摺っている楓を見掛けなかったか尋ねた。

「お侍は何人か乗せたが、お尋ねの人かどうかは分からねえな」

老船頭は白髪眉をひそめた。

「そうか……」

「でも、足の悪い若い女の旅人は、この渡し船に乗りましたぜ」

「そうか、足の悪い若い女が乗ったか……」

「へい……」

「連れはいなかったかな」

「さあ、そこ迄は……」

老船頭は首を捻った。

楓は馬入川を渡り、既に藤沢の宿に向かっている。そして、その先には蓮華村正を奪った三郎太がいるのだ。

楓たち裏柳生の忍びの者は、三郎太から蓮華村正を取り戻そうとしているのだ。

京之介は、楓たち裏柳生の忍びの者の動きを読んだ。

渡し船は馬入川を渡り、対岸の中島の船着場に船縁を寄せた。

京之介は、東海道を藤沢の宿に向かって進んだ。

何としてでも、江戸に着く前に蓮華村正を取り戻さなければならない。

藤沢の宿迄は約三里だ。

今宿《いまじゅく》、町屋、南江《なんこ》……。

京之介は急いだ。

二

東海道の藤沢の宿は、江戸から十二里十二丁の処にあり、本陣や旅籠などが軒を連ねていた。

昼前、京之介は藤沢の宿に着いた。

藤沢の宿には木戸が設けられ、宿場役人たちが旅人の警戒をしていた。

京之介は、昼飯を食べに一膳飯屋に入った。

「何かあったのか……」

京之介は、昼飯を食べながら一膳飯屋の親父に訊いた。

「へい。宿場外れの江戸口で斬り合いがありましてね」

「斬り合い……」

「へい。旅の侍同士で……」

一膳飯屋の親父は、恐ろしそうに眉をひそめた。

「で、どうしたのだ」

「若い侍が、中年の旅の浪人を斬り殺して逃げたそうですよ」

若い侍は三郎太であり、斬られた中年の旅の浪人は追手の裏柳生の忍びの者なのかもしれない。

京之介は、昼飯を食べ終えて藤沢の宿の江戸口に走った。


茶店の小旗は風に揺れていた。

京之介は、藤沢の宿の江戸口にある茶店に寄り、亭主に茶を頼んだ。

茶店の前の東海道には、真新しい土が撒かれていた。

斬り合いで流れた血を隠したのだ。

京之介は読んだ。

「お待たせしました」

亭主が茶を持って来た。

「うむ。亭主、斬り合いがあったそうだな」

京之介は茶を飲んだ。

「ええ。本当に恐ろしい事でした」

亭主は、恐ろしそうに真新しい土の撒かれた処を見て身震いした。

「若い侍が中年の浪人を斬り殺して逃げたそうだな」

「へい。それで、斬られた浪人さんの仲間が追い掛けましてね……」

「仲間……」

「ええ。不意に何処かから現れましてね。驚きましたよ」

斬られた中年の浪人と不意に現れた仲間は、裏柳生の忍びの者なのだ。

だとしたら、斬った若い侍は三郎太に間違いない。

裏柳生の忍びの者は、三郎太を裏切者として殺し、蓮華村正を奪い返そうとしているのだ。

京之介は読んだ。

「して、若い侍はどっちに逃げた」

「さあ、戸塚の方だと思いますが……」

亭主は首を捻った。

「良く分からないか……」

「はい」

「そうか……」

京之介は茶を飲んだ。

三郎太は、おそらく東海道を戸塚の宿に向かったのだ。

京之介は睨んだ。

楓はどうしたのか……。

京之介は、茶店の亭主に左脚を僅かに引き摺る旅の若い女を見掛けなかったか尋ねた。

「へい。その女の人なら先程、立ち寄られましてね。江《え》の島《しま》に行くと云っていましたよ」

「江の島……」

京之介は戸惑った。

「ええ、この先に江の島や鎌倉に行く鎌倉《かまくら》街道がありましてね。足の悪い女の人はそっちに行くと……」

楓は、鎌倉街道を江の島に向かった。

それは勿論、三郎太を追っての事なのだ。

三郎太は、鎌倉街道に逃げた。

京之介は、己の睨みが外れたのを知った。

だが、江の島に行くと云うのは、手間取らせる為の罠かもしれない。

京之介は、不意にそう思った。

もしそうなら、楓は京之介が自分を追っていると気付いての事だ。だが、一色の荒れ寺や馬入川の事もある。

懸けるしかない……。

京之介は、鎌倉街道を進む事に決めた。

江の島は、藤沢の宿から鎌倉街道を一里程進んだ処にあり、周囲一里程の陸続きの島で弁財天で名高い名勝地である。

京之介は、鎌倉街道を進んだ。

鎌倉街道には、江の島に遊山の旅をする者が多かった。

京之介は、そうした者たちを追い抜いて先を急いだ。

そろそろ、左脚を引き摺りながら進む楓に追い付いても良い筈だ。だが、楓に追い付く事は出来なかった。

やはり、罠だったのか……。

京之介は、微かな焦りを覚えた。

汐の香りが漂った。

江の島は近い……。

京之介の焦りは募った。

鎌倉街道は雑木林の陰に曲がっていた。

二人の旅人が、その雑木林の陰から血相を変えて飛び出して来た。

「どうしたんです……」

江の島に向かっていた旅人が、眉をひそめて訊いた。

「斬り合いです。此の先で侍が斬り合っているんですよ」

血相を変えて来た二人の旅人は、雑木林の陰を示して恐ろしげに言葉を震わせた。

「下手に行きますと巻添えになりますよ」

旅人たちは、恐ろしげに身を寄せ合った。

三郎太と裏柳生の忍びの者……。

京之介は、雑木林の陰の向こうに走った。


京之介は、雑木林を曲がった。

鎌倉街道の行く手には、旅姿の浪人が刀を握り締めて倒れていた。

三郎太を追った裏柳生の忍びの者だ。

京之介は駆け寄った。

旅の浪人は、胸元を横薙ぎに斬られて死んでいた。

京之介は、傍らの雑木林を窺った。

雑木林の奥に斬り合いの気配が窺えた。

京之介は、雑木林に踏み込んだ。

雑木林に小鳥の囀りはなく、斬り合う者たちの声も物音も聞こえなかった。だが、斬り合いの気配は確かにあった。

忍びの者の斬り合い……。

京之介は、雑木林の奥に進んだ。

雑木林の奥に煌めきが瞬いた。

いた……。

京之介は、立ち木伝いに煌めきに近付いた。

三郎太が、蓮華村正を青眼に構えていた。

京之介は、木陰から見守った。

三郎太は、不意に蓮華村正を閃かせた。

飛来した十字手裏剣が、小さな金属音を短くあげて弾き飛ばされた。

三郎太は、傍らの大木の梢に跳んで蓮華村正を一閃した。

忍びの者が、大木の梢から血を振り撒きながら落下した。

三郎太は、地上に飛び降りた。

三人の忍びの者が現れ、三郎太に十字手裏剣を投げた。

三郎太は、地を這い、茂みを転がって十字手裏剣から逃れた。
十字手裏剣は、草を斬り飛ばし枯葉を巻き上げた。
三郎太は、泥に塗れて形振《なりふ》りかまわず十字手裏剣から逃げ廻った。
京之介は、形振りかまわず逃げる三郎太に強靭さを見た。
三人の忍びの者は忍び刀を抜き、茂みに潜む三郎太に殺到した。
三郎太は、茂みから立ち上がり、襲い掛かる三人の忍びの者に蓮華村正を閃かせた。
蓮華村正は、妖しい紫色の輝きを放った。
血が飛び、三人の忍びの者は声もあげず次々と茂みに崩れ落ちた。
三人の忍びの者は、斬り合いでは蓮華村正を持つ三郎太の敵ではなかった。
三郎太は、血に塗れた蓮華村正を翳し、眩しげに目を細めて見た。
蓮華村正は刃毀《こぼ》れ一つせず、妖気を漂わせていた。
三郎太は、斬り棄てた忍びの者たちを見廻し、嬉しげな笑みを浮かべた。
嬉しげな笑みは、冷酷で残忍なものだった。
妖刀蓮華村正は人を狂わせる……。

京之介は、背筋に冷たい物を感じた。

これ以上、蓮華村正を野放しにしてはおけない。

取り戻す……。

京之介は、木陰から出た。

三郎太は、京之介に気付いて嘲笑を浮かべた。

京之介は、三郎太を見据えて無造作に近付いた。

三郎太は、血塗れの蓮華村正を一振りした。

蓮華村正の切っ先から血が飛び散った。

「三郎太、蓮華村正を返して貰おう」

京之介は、三郎太に近付きながら静かに告げた。

「黙れ、蓮華村正は俺の物だ……」

三郎太は、京之介を睨み付けて僅かに後退りをし、間合いを保った。

「三郎太、蓮華村正は持つ者を狂わせ、地獄に落とす……」

京之介は、三郎太を見据えたまま間合いを詰めた。

斬り合いとなれば、如何に蓮華村正を持つ三郎太でも京之介の敵ではない。

「寄るな。寄ると斬る……」

三郎太は、微かな狼狽を過ぎらせて後退りをし、蓮華村正を上段に構えた。

京之介は、無造作に間合いを詰め、三郎太の見切りの内に踏み込んだ。

三郎太は、京之介に蓮華村正を鋭く斬り下げた。

京之介は、背後に大きく跳び退いた。

次の瞬間、三郎太は十字手裏剣を京之介に連射した。

京之介は木立に隠れた。

十字手裏剣は、京之介の隠れた木立に次々と突き刺さった。

三郎太は、その隙を突いて逃げようと身を翻した。

京之介は、木立に突き刺さっている十字手裏剣を素早く抜き、三郎太に放った。

十字手裏剣は微かな唸りをあげて飛び、三郎太の背に突き立った。

三郎太は立ち竦み、呆然とした面持ちで振り返った。

「お、おのれ、左京之介……」

三郎太は、京之介を怒りと憎悪に満ちた眼で睨み付けた。

「蓮華村正は貰う……」

京之介は、三郎太に近付いた。

「黙れ……」

三郎太は、背中に十字手裏剣を受けたまま京之介に蓮華村正を閃かせた。

刹那、京之介は僅かに腰を沈めて霞左文字を抜き打ちに斬り上げた。

閃光が走った。

三郎太の手首が両断され、蓮華村正を握ったまま宙に飛んだ。

京之介は、残心の構えを取って三郎太を見据えた。

三郎太は、醜く顔を歪め、斬られた腕から血を振り撒いた。そして、獣のような咆吼《ほうこう》をあげ、残る腕で京之介に摑み掛かろうとした。だが、片手を失った身体は均衡を崩し、斜めによろめいて立ち木に当たり、茂みに激しく倒れ込んだ。

「早く手当てをすれば、命は助かる……」

京之介は、倒れ込んだ三郎太に静かに告げ、その腰から蓮華村正の鞘を抜き取った。

「ひ、左……」

三郎太は、嗄れた声を苦しげに震わせた。

「何だ……」

「お、俺は死なぬ……」

三郎太は、醜く歪んだ顔を小刻みに震わせ、悔しげに告げた。

「だったら、先《ま》ずは血を止めるのだな」

「云われる迄もない……」

三郎太は、震える手で懐《ふところ》から革袋を取り出した。

京之介は、飛ばされた蓮華村正の落ちた処に向かった。

蓮華村正は、柄《つか》を握る右手と一緒に茂みに転がっていた。

京之介は、蓮華村正を拾い上げて三郎太の手を柄から外そうとした。だが、三郎太の手は、容易に蓮華村正から離れなかった。

まるで生きているかのようだ……。

京之介は、三郎太の蓮華村正に対する妄執を知った。

手は漸く離れた。

京之介は、血に汚れた蓮華村正の刀身に拭いを掛けた。

取り戻した……。

京之介は、拭いを掛けた蓮華村正を見詰めた。

蓮華村正は妖しく輝いた。

京之介は、蓮華村正を鞘に納めて背負った。

火薬の爆《は》ぜる音がした。

京之介は振り返った。

三郎太が倒れている茂みから、煙が立ち昇っていた。

京之介は、煙の立ち昇っている茂みに戻った。

三郎太の姿は既になく、火薬の燃えた臭いが漂っていた。

大きな葉の上に火薬の燃え残りがあった。三郎太は、忍びの者が使う火薬で両断された手首の傷口を焼き、血を止めようとしたのだ。

京之介は読んだ。

三郎太が、それで助かるかどうかは分からない。だが、強靭な忍びの者に油断はならないのだ。

京之介は、背中の蓮華村正の重みを確かめ、雑木林を後にして鎌倉街道に出た。

さあて、どうする……。

京之介は鎌倉街道を見廻した。

このまま江の島から七里《しちり》ヶ浜《はま》を抜けて鎌倉に行き、東海道の吉田《よしだ》の宿に出る。

鎌倉まで一里半、鎌倉から吉田の宿迄は三里の都合四里半だ。

此処から鎌倉街道を東海道の藤沢の宿に戻れば一里、吉田の宿迄は二里弱だ。

戻る……。

京之介は、鎌倉街道を藤沢の宿に戻る事にした。

妖刀蓮華村正は漸く取り戻した。

あとは、始末をすれば役目は終わる。

始末をする前に、蓮華村正を確《しか》と見定めるのだ……。

京之介は、刀工の血を受け継いでいる御刀番として希代の妖刀蓮華村正を見定めておきたかった。

背中の蓮華村正は、妙に生暖かく感じられた。

京之介は、藤沢の宿に急いだ。

楓……。

京之介は、楓が自分と三郎太たちの間にいると思っていた。だが、楓はいなく、現れもしなかった。

楓は、何処かで私を見ている……。

京之介は、辺りを見廻しながら鎌倉街道を藤沢の宿に急いだ。


夕暮れ時、東海道藤沢の宿は旅人で賑わった。

蓮華村正を取り戻した今、江戸や国許の汐崎に急ぐ必要はない。

京之介は、旅籠『柏屋《かしわや》』に泊まった。

旅籠の夜は早い。

客たちは早々に入浴と夕食を終え、翌日の道中に備えて床に就いた。


行燈の明かりは、仄かに辺りを照らしていた。

京之介は、拭《ぬぐ》い紙《がみ》、打ち粉《こ》、刀剣油、竹の目釘抜《めくぎぬき》など刀の手入れ道具を用意し、蓮華村正を抜き払った。

蓮華村正は、妖しい輝きを放った。

京之介は、目釘抜を抜いて柄を外した。
茎《なかご》に「村正　妙法蓮華経」の銘が刻まれていた。
京之介は、拭い紙で刀身の油を拭き取って刃文を見詰めた。
大互《おおぐ》の目《め》乱れの派手な刃文が両面に見事に揃っていた。
蓮華村正……。
京之介は、蓮華村正を初めて見た。
大互の目乱れの刃文と紫色の輝きは、妖しく湧きたった。
行燈の明かりは僅かに揺れた。
京之介は、蓮華村正の刀身の両面に打ち粉を軽く打ち、再び拭い紙で拭き取った。
そして、刀身に異常があるかどうか検めた。
異常はない……。
京之介は見定めた。
あれだけ人を斬ったのに……。
京之介は、蓮華村正が名刀であると共に妖刀だと称される謂れを知った。
蓮華村正は、妖しい紫色の輝きを放ち続けた。

京之介は、異常のない刀身の両面に新しい油を丁寧に塗って手入れを終えた。そして、柄を嵌《は》め、静かに鞘に納めた。

これ程の名刀を始末する……。

京之介は、戸惑いを覚えた。

どう始末する……。

京之介は、蓮華村正を始末する手立てを思案した。

始末する前に……。

京之介は、不意に蓮華村正の斬れ味を試してみたくなった。

蓮華村正で人を斬ってみたい……。

京之介は、そうした欲望に駆られた。

行燈の明かりが激しく瞬いた。

京之介は、己の中に湧き上がった欲望に困惑し狼狽えた。

妖刀蓮華村正……。

京之介は、不意に湧き上がった欲望を抑え、息を静かに整えた。

多聞新八郎、裏柳生の草だった志麻、忍びの者の三郎太……。

蓮華村正を手にした者は、揃って京之介と同じ欲望に囚われて人を斬ったのかもしれない。

恐ろしい……。

京之介は、妖刀蓮華村正の恐ろしさに気付き、背筋に言い知れぬ冷気を覚えて身震いをした。

妖刀蓮華村正の始末は、早ければ早い方が良いのだ。

京之介は、己に強く言い聞かせた。

刻が過ぎ、夜は静かに更《ふ》けていった。

京之介は、微かな殺気を感じた。

裏柳生の忍びの者……。

京之介は、裏柳生の忍びの者が蓮華村正を奪いに来たと睨んだ。

殺気は、波のように押し寄せて来る。

京之介は、霞左文字と蓮華村正のどちらを手にするか迷った。

三

十字手裏剣は、障子を突き破って飛来した。
京之介は、蒲団を盾にして旅籠の庭先に転がり出た。
闇から忍びの者が現れ、京之介に襲い掛かった。
京之介は、咄嗟に抜き打ちの一刀を放った。
抜き打ちの一刀は、襲い掛かる忍びの者に紫色の輝きとなった。
肉を斬り、骨を断った……。
京之介は、滑らかな斬れ味に確かな手応えを覚えた。
忍びの者は、声をあげる暇もなく地面に斃れた。
京之介は、蓮華村正の恐ろしい程の斬れ味を思い知った。
闇が微かに唸った。
京之介は、蒲団を盾にした。
飛来した十字手裏剣が、蒲団に次々と当たって勢いを失い、地面に落ちた。

京之介は闇を透かし、十字手裏剣の出処を見定めた。
裏柳生の忍びの者がいた……。
次の瞬間、京之介は闇に潜む裏柳生の忍びの者に跳んだ。
裏柳生の忍びの者は狼狽えた。
京之介は、蓮華村正を鋭く一閃した。
妖しい紫色の輝きが渦を巻いた。
裏柳生の忍びの者は、喉元を斬られて一瞬にして斃れた。
京之介は、振り返り態に袈裟懸けに斬り下げた。
裏柳生の忍びの者は、大きく仰け反って斃れた。
刹那、別の忍びの者が京之介の背後に忍び寄った。
京之介は、振り返りもせずに蓮華村正を背後に鋭く突き出した。
蓮華村正は、背後を襲った忍びの者の腹を貫いた。
京之介は振り向き、顔を激痛に醜く歪める忍びの者の腹から蓮華村正を引き抜いた。
忍びの者は、身体を回転させながら斃れた。

一瞬の出来事だった。
京之介は、残心の構えを取って周囲の闇を窺った。
裏柳生の忍びの者の姿は勿論、殺気も既に消えていた。
京之介は、血に濡れた蓮華村正に拭いを掛けた。
蓮華村正は、妖しい紫色の輝きを漂わせた。
肉を斬り骨を断つ手応えは、まるで豆腐を切るかのように滑らかだった。
京之介は、微かな快感を覚えた。
快感は人を血迷わせる……。
多聞新八郎、志麻、三郎太は、そうした快感に酔い、血迷ったのかもしれない。
京之介は、妖刀蓮華村正の恐ろしさを知った。

翌朝。
藤沢の宿は、出立する旅人で賑わった。
京之介は、藤沢の宿を発って一里三十丁先の戸塚の宿に向かった。
江戸迄は後十二里余り。

京之介は、背負った蓮華村正の重みを噛み締めながら東海道を進んだ。

何処でどう始末するか……。

京之介は、蓮華村正の始末の仕方を思案した。しかし、時として思案は途切れた。

此のまま蓮華村正を隠し持っていたらどうなるのか……。

京之介は、蓮華村正を始末せず、隠し持つ事に魅力を感じている己に気付き、驚かずにはいられなかった。


戸塚の宿に近付いた時、京之介は行く手に左脚を引き摺って歩く旅の女がいるのに気付いた。

楓……。

京之介は、楓に誘われるようにして三郎太に辿り着き、蓮華村正を取り戻した。

楓は、裏柳生のくノ一として三郎太を追っていただけなのか、それとも何らかの意図があって京之介を誘った。

どちらなのだ……。

京之介は分からなかった。

確かめる……。

京之介は、戸塚の宿に向かう楓を追って足取りを速めた。

戸塚の宿は旅人で賑わっていた。

京之介は、賑わいに楓を探した。だが、楓の姿は、何処にも見えなかった。

休息を取りに茶店か立場、旅籠に入ったのかもしれない。

左脚を引き摺って歩く旅の若い女……。

京之介は、茶店、立場、旅籠などを尋ね歩いた。だが、十五丁余りの戸塚の宿の何処にも楓はいなかった。

楓は、休息も取らずに戸塚の宿を抜けるつもりなのかもしれない。

京之介は読んだ。

それにしても、左脚を引き摺って歩く楓に追い付けないとは……。

京之介は戸惑った。

「お侍さま……」

土産物屋の小女が、前掛を揺らして京之介に駆け寄った。

「私か……」

京之介は、怪訝な面持ちで立ち止まった。

「はい。刀を背負ったお侍さまです。はい」

小女は、京之介の背中の蓮華村正を見ながら結び文を差し出した。

「これは……」

「左脚の悪い女の人が渡してくれと……」

楓だ……。

京之介は、小女の差し出した結び文を受け取った。

「忝《かたじけ》ない……」

京之介は、小女に礼を述べて楓からの結び文を解いた。

結び文には、『草』の一文字が記されていた。

「草……」

京之介は眉をひそめた。

『草』の一文字は、裏柳生の草を指している筈だ。

鳥見方の島村甚内の調べでは、汐崎藩に潜んでいた裏柳生の草は納戸頭の広瀬仁左衛門だ。そして、蓮華村正を汐崎藩から江戸に運ぼうとした草の若い女は、広瀬の娘の志麻だった。

志麻は、箱根の関所を通る時、蓮華村正を三郎太に預けて以来、消息を断っていた。

その志麻が、蓮華村正を取り戻そうと何かを企んでいるのか……。

京之介は睨み、辺りに志麻を捜した。

志麻の顔は、汐崎藩城下で見掛けた事があった。

志麻らしき旅の若い女は、何処にもいなかった。

身を潜めて見張っているのか……。

京之介は、微かな緊張を覚えた。

それにしても何故、楓は京之介にそれを報せて来たのだ。

京之介は、楓の腹の内を読もうとした。

裏柳生の草である志麻の動きを報せて来たからには、三郎太の足取りを追わせたのは意図があっての事なのだ。

楓は、京之介に三郎太の行方をそれとなく報せて来た。

何故だ……。

それは、三郎太の持つ蓮華村正を京之介に取り戻させる為でしかない。

京之介は読んだ。

楓……。

京之介は、楓の悔しげな顔を思い出した。

とにかく先を急ぐしかない。

京之介は、戸塚の宿を抜けて吉田に向かった。


己を見張る者は草の志麻だけではなく、裏柳生の忍びの者もいる。

妖刀蓮華村正を海に棄てたり、土に埋めたりするのを見られ、後で持ち出されてはならないのだ。

下手な始末は出来ない……。

京之介は、蓮華村正が裏柳生の者に渡らないように始末する手立てを思案した。

蓮華村正を鋳潰《いつぶ》し、地金《じがね》に戻すのが一番なのかもしれない。

鋳潰すにしても、道中で容易に出来るものではない。

江戸だ……。

京之介は、蓮華村正を道中で始末せず、江戸に持っていく事にした。

蓮華村正は、背中に確かな重さを感じさせた。

京之介は、蓮華村正の始末を先送りしたのに微かな安堵を覚え、先を急いだ。

行く手に楓の姿は見えず、背後に裏柳生の草の志麻も窺えなかった。だが、裏柳生の忍びの者は、様々な旅人に形を変えて京之介を見張っているのだ。

吉田の宿を抜け、行く手に程ヶ谷の宿が見えて来た。


京之介は、程ヶ谷の宿に着いた。

江戸迄、残り八里半……。

京之介は、問屋場の隣りの一膳飯屋に入った。

一膳飯屋では、問屋場の人足や馬方が早い昼飯を食べていた。

京之介は、一膳飯屋の老爺に飯を頼んで人足や馬方の隣りに座った。


四半刻が過ぎた。

京之介は、一膳飯屋に入ったままだ。

楓は、一膳飯屋を眺めた。

一膳飯屋は、裏柳生の草の若い女や旅人に形を変えた忍びの者たちに見張られている。

京之介は、そうした事を知った上でどう出るのか……。

楓は見守った。

人足と馬方が飯を食べ終え、一膳飯屋から問屋場に戻った。

東海道には旅人が行き交った。

問屋場では人足たちが荷を運び、馬方が馬の手入れをしていた。

僅かな時が過ぎた。

京之介は、一膳飯屋から出て来て東海道を江戸に向かった。そして、問屋場の前を通った時、馬方に声を掛けて馬に飛び乗った。

楓は戸惑った。

戸惑いは、裏柳生の忍びの者も同じだった。

馬は嘶《いなな》き、京之介を乗せて東海道を江戸に向かって走り出した。

裏柳生の忍びの者は、慌てて追った。
京之介は、一膳飯屋で馬方に馬を借りる手配りをしたのだ。
一気に引き離すか……。
楓は苦笑した。
裏柳生の若い女の草が現れ、問屋場に駆け込んで番頭に何事かを頼み始めた。
駕籠を仕立てて追うつもりか……。
楓は、嘲笑を浮かべてその場を離れ、東海道を足早に歩き始めた。
その姿に左脚を引き摺る様子はなかった。

程ヶ谷の宿から一里九丁で神奈川の宿、そして二里半で川崎の宿だ。
京之介は、都合三里半程の道程を馬で一気に駆け抜けようとした。
馬は東海道を走った。
如何に裏柳生の忍びの者でも、京之介の不意を突いた動きには後れを取った。
京之介は、裏柳生の忍びの者を一気に引き離し、夜中に江戸に入るつもりだった。
川崎の宿で馬を乗り捨て、六郷川《ろくごうがわ》を渡って二里程進めば品川の宿だ。そして、品川の次の高輪の大木戸を通れば江戸であり、愛宕下大名小路の汐崎藩江戸上屋敷迄は残り僅かな道程だ。

京之介は馬を走らせた。

神奈川の宿から子安《こやす》、生麦《なまむぎ》、鶴見《つるみ》……。

京之介は、東海道の宿を馬で駆け抜けた。

陽は大きく西に傾いた。

京之介の乗る馬は、川崎の宿に駆け込んだ。

京之介は、問屋場に馬を戻して六郷川を渡し船で渡った。

蒲田《かまた》、大森《おおもり》、鈴《すず》ヶ森《もり》……。

京之介は、川崎の宿から二里の処にある品川の宿に急いだ。

袖ヶ浦の海は陽差しに煌めいていた。

夕暮れ時。

東海道の品川の宿は、江戸を出立する者の最初の宿場であり、京から来る者には最後の宿場である。そして、品川の宿には遊廓があり、幕府公認の吉原遊廓に次ぐものであった。

江戸だ……。

京之介は、品川の宿に着いた。

品川の宿には明かりが灯り始め、遊廓は既に賑わっていた。

京之介は、品川の宿を一気に通り抜け、袖ヶ浦沿いの道を足早に進んだ。

高輪の大木戸が見えて来た。

京之介は、高輪の大木戸を通り抜けた。

「京之介さま……」

聞き覚えのある声が、京之介の名を呼んだ。

京之介は振り返った。

若い男が、大木戸の石垣から京之介に駆け寄った。

「おお、佐助……」

駆け寄った若い男は、国許汐崎藩城下外れの左家に奉公している佐助だった。

「御無事の御到着、祝着にございます」

佐助は、嬉しげに顔を綻ばせた。

「うむ。傷はもう良いのか……」

佐助は、汐崎城下で裏柳生の草の若い女を追い、肩に十字手裏剣を受けて傷付いた。

「はい。お陰さまでこの通りです」

佐助は笑い、傷付いた肩を廻して見せた。

「そいつは良かった」

「はい。それで御隠居さまにお願いして江戸に参りました」

佐助は、汐崎を発って蓮華村正を巡って闘う京之介を追い抜いた。そして、先に江戸に着き、高輪の大木戸で京之介の来るのを待っていたのだ。

「京之介さま……」

佐助は、京之介の背中の蓮華村正を見た。

「うむ。蓮華村正だ」

「見事に取り戻しましたか……」

佐助は笑った。

「だが、裏柳生の者共が追って来ている」

「じゃあ、歩きながら……」

佐助は、厳しい面持ちで辺りを窺って促した。

「うむ……」

京之介は、高輪の大木戸から東海道を進もうとした。

「京之介さま、追っ手がいるなら、こちらから……」

佐助は、三田《みた》への道を示した。

「成《な》る程《ほど》……」

京之介は頷き、佐助と共に三田に向かった。


伊皿子臺丁《いさらごだいちょう》の辻に出た佐助は、北の三田臺丁に曲がった。

「良く知っているな……」

京之介は、江戸の町を知っている佐助に感心した。

「餓鬼の頃、江戸には軽業一座で何度か来ていましてね。親方の折檻が嫌で仲間と逃げ出して、何となく……」

佐助は、子供の頃の辛さを思い出して暗い眼をした。

「そうか……」

京之介は、佐助の暗い過去の欠片を知った。

「でも、その度に連れ戻されてもっと厳しい折檻をされましたがね」

佐助は、暗い過去を吹っ切るように笑った。

京之介と佐助は、三田を通って金杉川《かなすぎがわ》に出ようとした。

「佐助、今何処にいる」

「愛宕下の上屋敷の京之介さまの侍長屋に……」

「そうか。では、納戸頭の広瀬仁左衛門さまはどうしている」

京之介は、美保に報された裏柳生の草である広瀬仁左衛門の様子を尋ねた。

「お忙しそうですが、私を京之介さまの侍長屋に入れてくれたり、何かと便宜を図ってくれていますが……」

「そうか……」

「広瀬さまが何か……」

「うむ。処で美保どのは私の事を何か云っていなかったか……」

「美保さま……」

佐助は聞き返した。

「うむ。島村甚内の妹だ」

「京之介さま、美保さまが上屋敷においでになるのですか……」

佐助は、怪訝な眼を京之介に向けた。

「いないのか……」

京之介は戸惑った。

「お見掛け致しませんが……」

「妙だな。叔母上が嫁がれた江戸詰の勘定方の侍屋敷にいる筈だが……」

「そのような話、中間や下男の方々にも聞きませんが……」

「そうか……」

京之介は眉をひそめた。

「京之介さま……」

「佐助、歩きながらも何だ……」

京之介は、行く手に揺れる居酒屋の提灯を示した。

久し振りの酒は、五体に染み渡った。

京之介は、居酒屋の小座敷にあがり、酒を飲みながら蓮華村正を取り戻す迄の経緯を佐助に話した。経緯の中には、美保が追って来て、裏柳生の草が納戸頭の広瀬仁左衛門であり、蓮華村正を江戸に運んでいるのは娘の志麻だと報せた事もあった。

「それで広瀬さまにございますか……」

佐助は、京之介に酒を注いだ。

「うむ……」

京之介は酒を飲んだ。

「ですが、本当なんですかね。広瀬さまが裏柳生の草だなんて……」

佐助は眉をひそめた。

「甚内が、わざわざ美保どのを走らせて来たのだ。間違いはないと思うが……」

「それにしても京之介さま。広瀬さまが裏柳生の者なら、上屋敷には他にも……」

佐助は、厳しさを過ぎらせた。

「潜んでいるやもしれぬな。難しいのはこの蓮華村正の始末……」

京之介は、傍らに置いてある蓮華村正を一瞥した。

「蓮華村正ですか……」

佐助は、蓮華村正を見詰めた。

「左様。持つ者を血迷わせる妖刀だ」

京之介は告げた。

「血迷わせる妖刀……」

佐助は、恐ろしげに身を震わせた。

蓮華村正を江戸上屋敷に持ち込むのは、危険でしかないのだ。

さあて、どうする……。

京之介は、蓮華村正の始末を思案した。

寺の鐘が亥《い》の刻四つ（午後十時）を鳴り響かせた。

四

夜明け、愛宕下大名小路にある汐崎藩江戸上屋敷は動き始めた。

中間と小者たちは、表門を開けて門前の掃除を始めた。

佐助は、中間や小者たちと一緒に掃除に励んだ。

「あっ……」

中間が、京之介がやって来るのに気付いた。

「佐助さん、左さまだよ」

中間が、佐助に報せた。

佐助は、やって来る京之介を見た。

京之介は、金襴《きんらん》の刀袋に入った刀を背負っていた。

「京之介さま……」

佐助は、京之介に駆け寄った。

「おう。佐助、来ていたのか……」

京之介と佐助は、前夜に逢ったのを隠して芝居をした。

「はい……」

「みんな、暫《しばら》くだな……」

京之介は、挨拶をする中間や下男に声を掛けて汐崎藩江戸上屋敷に入った。

「表門を閉めろ……」

見廻りの番士が現れ、血相を変えて中間や下男に命じた。

中間と下男たちは、慌てて表門を閉めた。

「どうした……」

京之介は、見廻りの番士に訊いた。

「これは左さま、御納戸頭の広瀬仁左衛門さまが……」

番士は眉をひそめた。

「広瀬さまが……」

京之介は、広瀬仁左衛門の暮らす侍長屋に走った。

佐助は続いた。


侍長屋には、見廻りの番士たちと目付が駆け付け、起きたばかりの家来たちが遠巻きにしていた。

京之介は、遠巻きにしている家来たちを掻き分けて広瀬の家に近付いた。

「左さま……」

立番の番士は、京之介に気付いた。

「うむ……」

京之介は、佐助に金襴の刀袋に入った刀を預けて広瀬の家に入った。

血の臭いが漂っていた。

寝間着姿の広瀬仁左衛門が、蒲団の上に血塗れで横たわっており、大貫竜之進《おおぬきりゅうのしん》たち目付が検めていた。

「大貫どの……」

「おお、左どの。検められるが良い」

大貫は、京之介に広瀬の検死を勧めた。

「忝ない……」

京之介は、広瀬の死体を検めた。

広瀬は、喉を斬り裂かれ、心の臓に止めの一刺しを受けて死んでいた。

「寝込みを襲われたようだ」

大貫は読んだ。

「人殺しに手慣れた者の仕業か……」

京之介は眉をひそめた。

「うむ。だが、家中にそうした者はいない」

「何者かが屋敷に忍び込んだか……」

「おそらくな……」

大貫は、腹立たしげな面持ちで頷いた。

裏柳生の忍びの者の仕業かもしれない。だが、広瀬は裏柳生の草の筈だ。

忍びの者が仲間を殺す時とは……。

京之介は、想いを巡らせた。

口封じ……。

裏柳生は、草だと知られた広瀬仁左衛門が京之介に責められるのを恐れ、口を封じたのかもしれない。

京之介は読んだ。

「で、大貫どの。私は殿の御用で国許に行っていたのだが、此処の処、広瀬さまに何か変わった様子はなかったかかな」

「そいつはこれからだ……」

大貫は、厳しさを漂わせた。

京之介は、大貫に礼を云って広瀬の家を出た。

「京之介さま……」

佐助が近寄って来た。

「広瀬さま、殺されたのですか……」

佐助は、声を潜めた。

「おそらく裏柳生の仕業……」

「ですが……」

佐助は戸惑った。

「口封じかもしれぬ……」

京之介は、己の暮らす侍長屋に向かった。

「口封じ……」

「左様、広瀬が草だと知れたと気付き、逸早く口を封じた。違うかな……」

「さあ。それで今、侍屋敷の下男の庄七《しょうしち》さんに訊いて来たのですが、美保さまらしい方はおいでにならないと……」

佐助は、眉をひそめて告げた。

「そうか……」

美保は、京之介と別れた後、気が変わって汐崎に帰ったのかもしれない。

「よし。佐助、御家老の許に行くぞ……」

京之介は、相良平蔵を追って汐崎藩を出て以来、漸く着物を着替える事にした。


汐崎藩藩主堀田宗憲は、苛立った足取りで入って来て座った。

京之介は、江戸家老の梶原頼母と共に平伏していた。

「遅かったな、京之介……」

宗憲は苛立っていた。

「申し訳ございませぬ」

京之介は詫びた。

「して、多聞新八郎を討ち果たし、蓮華村正は取り戻したのか……」

宗憲は、居丈高に云い放った。

「はい。仰せの通りに多聞新八郎を斃し、蓮華村正を始末して参りました」

「まことだな……」

宗憲は、微かな安堵を浮かべた。

「この手で確と……」

京之介は頷いた。

「して蓮華村正、どう始末致した」

「申せませぬ」

「申せぬだと……」

宗憲は眉をひそめた。

「知れば、万が一の時、責めを取らなければなりませせぬぞ」

京之介は、冷笑を浮かべた。

「そ、そうか。大儀《たいぎ》であった」

宗憲は、悔しげに言葉を濁した。

これで、村正を秘蔵して将軍家に仇なさんとの疑いを持たれずに済むのだ。

「殿……」

梶原は、厳しい面持ちで宗憲を見詰めた。

「此度の多聞新八郎の蓮華村正持ち出しの一件、背後には汐見屋敷の御前さまが潜んでいたそうにございます」

「なんだ……」

梶原は告げた。

「なに。叔父上が……」

宗憲は驚いた。

「はい。多聞新八郎に蓮華村正を持ち出させて領内に騒ぎを起こし、殿を失脚させようとの企てにございました」

梶原は、京之介に聞いた話を告げた。

「おのれ。して京之介、叔父上は如何致した」

「早々に隠居し、仏門に入ると……」

「甘い。あの男がそのような真似をすると思うか……」

宗憲は吐き棄てた。

「その時は命を貰うと……」

京之介は、宗憲を見据えて静かに告げた。

「命……」

宗憲は、主筋の者に命を貰うと云い放った京之介に微かに怯んだ。

「はい……」

京之介は頷いた。

「そ、そうか……」

宗憲は、強張《こわば》った面持ちで頷いた。

「それより殿……」

京之介は、厳しさを滲ませた。

「憲正さまの企み、裏柳生の者の知る処となり、蓮華村正を奪われ、江の島で漸く奪い返したものにございます」

京之介は告げた。

「う、裏柳生だと……」

宗憲は驚き、声を嗄らした。

「まことか左……」

梶原は、激しく狼狽した。

「偽りではございませぬ」

「裏柳生が蓮華村正を……」

梶原は、言葉を失った。

「はい。裏柳生が蓮華村正を将軍家に持ち込めば、汐崎藩は取り潰し、堀田家は断絶……」

京之介は、宗憲を見据えた。

宗憲は、恐怖に震えた。

「それで左、裏柳生は……」

「今も蓮華村正を狙っているものと。その証が納戸頭広瀬仁左衛門の闇討ち……」

「広瀬を殺したのは、裏柳生の忍びの仕業だと申すか……」

「おそらく……」

「何故だ」

「広瀬仁左衛門は、汐崎藩に根付いた裏柳生の草かと……」

「裏柳生の草……」

宗憲と梶原は呆然とした。

「裏柳生、広瀬の正体が割れたと知り、逸早く口を封じたものかと存じます」

「お、おのれ、柳生……」

梶原は、同じ大名小路にある柳生藩江戸上屋敷の方を睨み付けた。

「梶原さま、此度の事、柳生宗家には余り拘わりなく、裏柳生の者共の企みかと……」

「だが京之介、蓮華村正を始末した今、最早恐れる事はあるまい」

「しかし、蓮華村正の秘かな始末。裏柳生の知る処ではございませぬ」

「どうすれば良い。どうすれば良いのだ京之介……」

宗憲は、今迄の居丈高さを失って別人のように惨めに震えた。

「蓮華村正、既に汐崎藩にはないと云っても裏柳生は納得する筈はなく、最早闘って斃すしかありますまい」

京之介は突き放した。

「闘って斃すと申しても相手は裏柳生、出来るのか京之介……」

宗憲は、嗄れ声を引き攣らせた。

「汐崎藩存亡の危機。出来るのかと申すより、やるしかございますまい……」

京之介は、不敵な笑みを浮かべた。

汐崎藩江戸上屋敷は警備を厳しくした。

そこには、納戸頭の広瀬仁左衛門斬殺事件に対する警戒もあった。

京之介は、納戸方御刀番としての日常に戻った。

「京之介さま……」

佐助が、侍長屋の京之介の許にやって来た。

「どうした」

「先程、旅の雲水が京之介さまにお渡し下さいと置いていったそうです」

佐助は、一通の書状を差し出した。

「旅の雲水が……」

京之介は、怪訝な面持ちで書状を開いた。

書状には、島村美保は預かっている。無事に返して欲しければ、蓮華村正を未《ひつじ》の刻八つ（午後二時）に目黒不動《めぐろふどう》に持参しろと、書き記されていた。

京之介は、読み終えた書状を佐助に渡した。

佐助は、書状を読んで血相を変えた。

「京之介さま……」

「うむ、美保どのは裏柳生の手に落ちたようだ」

「如何致しますか……」

「未の刻迄に目黒不動に行かねばなるまい」

「蓮華村正は……」

「持参するしかあるまい……」

京之介は苦笑した。

目黒不動は天台宗の寺であり、泰叡山瀧泉寺《たいえいざんりゆうせんじ》が正式名である。そして、目白《めじろ》の金乗院《こんじよういん》、目青《めあお》の教学院《きようがくいん》、目赤《めあか》の南谷寺《なんこくじ》、目黄《めき》の最勝寺《さいしようじ》などと共に江戸五色不動の一つとされていた。

愛宕下大名小路から目黒不動に行くには、増上寺の裏手から古川《ふるかわ》に架かる赤羽橋《あかばね》を渡って三田を抜け、肥後《ひご》国熊本《くまもと》藩江戸中屋敷の傍から白金《しろかね》の通りに進む。

目黒不動は、その白金の通りを進んだ先にあった。

京之介は、金襴の刀袋に入れた刀を背負って汐崎藩江戸上屋敷を出た。

裏柳生の忍びの者は、何処かから見張っているのに違いない。

京之介は、増上寺の裏手の道に進んだ。そして、古川に架かっている赤羽橋に向かった。

愛宕下から目黒不動迄の道筋は、裏柳生の忍びの者も読んでいる筈だ。

ならば、途中で蓮華村正を奪いに襲って来るのかもしれない。

京之介は、辺りを警戒しながら赤羽橋を渡り、三田に進んだ。

四国《しこく》丁《ちょう》から聖《ひじり》坂、三田臺丁進んで熊本藩江戸中屋敷の前を抜けて西に曲がり、白金の通りに入った。

裏柳生の忍びの者たちが、蓮華村正を狙って襲って来る気配はない。

京之介は、見定めながら進んだ。

白金の通りを進むと、やがて権之助《ごんのすけ》坂と行人《ぎょうにん》坂に別れる辻に出る。

行人坂を進み、目黒川に架かっている太鼓橋を渡った先に目黒不動はある。

京之介は、行人坂に進む辻に立ち止まった。

辻の東には、肥後国熊本藩江戸下屋敷があり、その隣りに大和国柳生藩江戸下屋敷があった。

柳生藩江戸下屋敷には、裏柳生の総帥の柳生義堂《ぎどう》がいるとされていたが、定かではなかった。だが、下屋敷が裏柳生と深い拘わりがあるのに間違いはない。

その柳生藩江戸下屋敷と目黒不動は、目黒川と田畑を挟んだ隣同士だった。

裏柳生は地の利を得ている……。

京之介は苦笑し、行人坂に進んだ。

行人坂には、目黒不動の参拝客が行き交っていた。

京之介は、目黒川に架かっている太鼓橋を渡った。

緑の田畑の向こうには、目黒不動の伽藍《がらん》が見えた。

目黒不動には参拝客が行き交っていた。

京之介は境内に入り、眩しげに空を見上げた。

約束の刻限の未の刻八つ迄、未だ間があるようだ。

京之介は、茶店に入って茶を頼み、背中の刀を降ろした。そして、縁台に腰掛けて境内を見廻した。

美保の姿はなく、裏柳生の忍びと思われる者もいない。

京之介は見定めた。

「お待たせ致しました」

茶店の若い男が、京之介に茶を持って来た。

「うむ……」

「今の処、美保さまと思われる女はおりません……」

若い男は、京之介に囁いた。

佐助だった。

京之介は頷いた。

佐助は、目黒不動に先廻りをした。そして、茶店の亭主に金を握らせて奉公人に化け、境内の見張りをしていた。

京之介は、茶を飲みながら油断なく境内を見廻した。

目黒不動の鐘が、低い音を鳴り響かせ始めた。

未の刻八つだ。

鐘は鳴り続けた。

「未の刻です……」

佐助は緊張した。

「うむ……」

京之介は、深編笠を被った武士がいつの間にか境内の隅に佇んでいるのに気付いた。

裏柳生の忍び……。

京之介は、深編笠を被った武士を裏柳生の忍びの者だと睨んだ。

「現れたようだ……」

京之介は、茶を飲みながら深編笠の武士の周辺に美保を捜した。

美保の姿はなかった。

深編笠の武士は、京之介が気付いたのを見定め、目黒不動の奥の雑木林に入って行った。

「京之介さま……」

「誘っている……」

「どうします」

「乗るしかあるまい……」

京之介は苦笑し、佐助に目配せをした。

佐助は頷いた。

「ではな……」

京之介は、金襴の刀袋に入れた刀を手にして立ち上がった。

佐助は、雑木林に向かう京之介を見送った。


木洩れ日は揺れた。

京之介は、境内を油断なく横切り、深編笠の武士の入った雑木林に進んだ。

深編笠の武士は、雑木林の奥に佇んでいた。

京之介は、深編笠の武士に向かって進んだ。

深編笠の武士は動かなかった。

京之介は、深編笠の武士と対峙した。

「蓮華村正か……」

深編笠の武士は、くぐもった声で京之介の持つ金襴の刀袋に入った刀を示した。

「左様。美保どのは……」

京之介は、厳しい声音で問い質した。

美保が二人の忍びの者に伴われ、深編笠の武士の背後に現れた。

美保は縛られ、猿轡《さるぐつわ》を嚙まされていた。

「蓮華村正、渡して貰おう……」

深編笠の武士は告げた。

「その前に美保どのだ……」

京之介は苦笑した。

深編笠の武士は頷き、美保を押えている忍びの者に合図をした。

二人の忍びの者は、美保を促して京之介の前に進み出た。

「美保どの……」

京之介は呼び掛けた。

猿轡を嚙まされた美保は、その眼に悔しさと申し訳なさを交錯させた。

忍びの者の一人が、京之介に手を差し出した。

「先に美保どのだ……」

京之介は、忍びの者を見据えた。

残る忍びの者は、美保を放した。

美保は、素早く京之介の背後に駆け込んだ。

京之介は、金襴の刀袋に入った刀を忍びの者に渡した。

次の瞬間、忍びの者たちが京之介と美保を取り囲むように現れた。

二人の忍びの者は、金襴の刀袋に入った刀を深編笠の武士の許に運んだ。

京之介は、美保の縄を解いて猿轡を外した。

「京之介さま、申し訳ございませぬ」

「話は後だ……」

京之介は、美保を後ろ手に庇って忍びの者たちを見廻した。

深編笠の武士は、金襴の刀袋から出した刀を抜き放った。

刀身は、木洩れ日に輝いた。

深編笠の武士は、刀身の刃文を見詰めた。

大互《おおぐ》の目乱《め》れの刃文が刀身の両面に揃っていた。

「大互の目乱れの刃文……」

深編笠の武士は、刃文を吐息混じりに見定めて刀を鞘に納め、忍びの者に目配せをした。

忍びの者たちは、京之介と美保に一斉に十字手裏剣を投げた。

京之介は、美保を連れて木陰に潜んだ。

十字手裏剣は、木立に音を立てて次々に突き立った。

木洩れ日が激しく揺れた。

忍びの者たちは、忍び刀を翳して京之介と美保に殺到した。

京之介は、霞左文字を抜き打ちに放った。

煌めきが走った。

先頭の忍びの者が、刀を握る手の指を斬り飛ばされて怯んだ。

京之介は、返す刀で続く忍びの者の喉元を斬り裂いた。

忍びの者は、喉元から血を振り撒いた。

残る忍びの者たちは怯んだ。

京之介は、息も乱さず霞左文字を青眼に構えた。

左霞流では、大勢の相手と斬り合う時、手足の指や筋、首の血脈などを斬り、敵の闘う力や意志を奪うのが上策とされていた。

「おのれ、左京之介……」

深編笠の武士は、蓮華村正を抜いて京之介に迫った。

京之介は、霞左文字を青眼から下段に構え直した。

刹那、深編笠の武士は、蓮華村正を輝かせて京之介に斬り掛かった。

京之介は、霞左文字を下段から鋭く斬り上げた。

閃光が交錯し、甲高い金属音が鳴った。

蓮華村正の刀身が斬り飛ばされ、煌めきながら梢に突き刺さった。

深編笠の武士は狼狽えた。

京之介は、冷たい笑みを浮かべた。

木洩れ日は煌めいた。

第四章　蓮華始末

一

木洩れ日は揺れて煌めいた。

「蓮華村正、贋物《にせもの》だったか……」

深編笠の武士は、折れた刀を京之介に投げ付けた。

「漸く気付いたか……」

京之介は苦笑した。

「何処だ。蓮華村正は何処にある」

深編笠の武士は、怒りに身を震わせた。

「蓮華村正、既に始末し、此の世から消え去った」

京之介は静かに告げた。

「何……」

深編笠の武士は困惑した。

「これ以上、蓮華村正は強請《ゆす》りの道具にはならぬ……」

「黙れ。汐崎藩が将軍家に仇なす村正を隠し持っていたのは事実。そこには、将軍家を殺《あや》める企みがある……」

「愚かな事を。ならば、蓮華村正を証として公儀に差し出すが良かろう」

京之介は冷たく笑った。

「おのれ……」

「証がない限り只の噂。それも悪意に満ちた作られた噂に過ぎぬ。公儀は疎《おろ》か世間も信じまい。これ以上の良からぬ企て、最早無用と心得ろ」

京之介は、厳しく云い放った。

「斬り合いだ。人殺しだぁ……」

佐助が叫び声をあげ、雑木林の外に参拝客を集めて騒ぎ立てた。

「おのれ。退け……」

深編笠の武士は、忍びの者たちに短く命じて身を翻した。

忍びの者たちは一斉に消えた。

京之介は見定め、霞左文字に拭いを掛けて鞘に納めた。

「京之介さま……」

「さあ、上屋敷に参ろう」

京之介は、美保を促して雑木林を出た。

「京之介さま……」

佐助が待っていた。

「帰るぞ……」

京之介は、佐助に声を掛けた。

「はい。美保さま、御無事で何よりです」

「心配を掛けましたね、佐助……」

「行くぞ……」

京之介は、佐助と美保を伴って目黒不動を後にした。

白金の通りに出る迄には、裏柳生の巣窟《そうくつ》と思われる柳生藩江戸下屋敷があり、忍びの者が何処で襲ってくるか分からない。だが、裏柳生の者は京之介の言葉を信じず、蓮華村正が本当に始末されたのか見定めようとする筈だ。それ迄は、襲撃せずに様子を見守るかもしれない。

何れにしろ未だ終わった訳ではない……。

京之介は、周囲に冷ややかな視線を配りながら先を急いだ。

裏柳生の忍びの者の襲撃はなかった。

京之介は、佐助や美保と共に何事もなく愛宕下の汐崎藩江戸上屋敷に戻った。

やはり、蓮華村正の始末が本当かどうか見定めようとしているのだ。

京之介は苦笑した。

美保は、小田原城下で京之介と別れてから江戸に急いだ。だが、裏柳生の草の広瀬仁左衛門の娘の志麻に見付かり、捕えられた。

美保は、裏柳生の忍びによって江戸に運ばれ、武家屋敷の地下牢に閉じ込められた。

僅かな陽差しが差し込む地下牢は、寺の鐘の音と川の流れる音が聞こえた。

おそらく、目黒不動に近く目黒川の傍にある柳生藩江戸下屋敷に違いない。

京之介は睨んだ。

そして、美保は蓮華村正を奪い取る道具にされたのだ。

「処で京之介さま、蓮華村正をまこと始末されたのですか……」

「如何にも……」

「どのように始末を……」

「鋳潰して地金《じがね》に戻した」

「まことに……」

「ええ……」

美保は眉をひそめた。

京之介は頷いた。

「そうですか……」

美保は、微かな落胆を過ぎらせた。

「これで最早、蓮華村正が汐崎藩に仇なす事はありますまい」

京之介は微笑んだ。微笑みながらも、美保が過ぎらせた微かな落胆が気になった。

美保は、汐崎藩江戸上屋敷で暮らす江戸詰勘定方の佐橋清兵衛《さはしせいべえ》の妻である叔母の屋敷に引き取った。

裏柳生は、汐崎藩が蓮華村正を本当に始末したのか探りに来る筈だ。

「来た処を始末しますか……」

佐助は、京之介に出方を訊いた。

「いや。好きに探らせ、まこと蓮華村正がないと見届けさせる。さすれば、如何に裏柳生でも納得し、諦めるだろう」

京之介は、不敵な笑みを浮かべた。


裏柳生の忍びの者が、汐崎藩江戸上屋敷に忍び込んだ気配はなかった。

京之介は、上屋敷を警固している目付の大貫竜之進に尋ねた。

「変わった事……」

大貫は眉をひそめた。

「左様、何者かが忍び込んだり、忍び込もうとしたとか……」

「今の処、そのような形跡はない」

「そうか……」

「左どの、それは広瀬仁左衛門さまが殺された一件と拘わりがあるのか……」

「うむ……」

京之介は頷いた。

「おのれ……」

大貫は、遅々として進まぬ広瀬殺しの探索に苛立っていた。

裏柳生の忍びの者が、上屋敷に忍び込んだ様子は確かに窺われなかった。

京之介は、少なからず戸惑った。

裏柳生の忍びの者が探りに来ないのは、既に何者かが潜り込んでいると云う事なのか。

草……。

京之介は、その土地に長年に渡って暮らし、秘かに内情を探る草を思い出した。

だが、汐崎藩に潜んだ草の広瀬仁左衛門は、既に殺されているのだ。

草は他にもいるのか……。

京之介は、微かな焦りを覚えた。


佐助は、京之介に命じられて家中に不審な動きをする者がいないか探った。

美保は、裏門の門番に挨拶をして汐崎藩江戸上屋敷を出て行った。

美保さまだ……。

佐助は、一人で出掛けて行く美保に気付いた。

何処に行く……。

佐助は、裏柳生に狙われているかもしれない美保が出掛けるのに戸惑った。

尾行てみる……。

佐助は、美保を追って汐崎藩江戸上屋敷の裏門を出た。


愛宕下大名小路は行き交う人もいなく、静けさに覆われていた。

美保は、足早に大名小路を抜けて、三縁山増上寺の北側に出た。そして、大横丁《おおよこ》から飯倉神明宮《いいくらしんめいぐう》に向かった。

飯倉神明宮は参拝客で賑わっていた。

美保は、飯倉神明宮の境内に入り、拝殿に手を合わせた。

暇潰しに参拝に来たのか……。

佐助は見守った。

参拝を終えた美保は、境内の隅にある茶店に入り、女主に茶を頼んで縁台に腰掛けた。

佐助は、参道の燈籠の陰に隠れて茶店の美保を窺った。

美保は、賑わう境内を物珍しげに見廻した。

佐助は、美保の背後の茶店の奥に武士がいるのに気付いた。

佐助は、武士が誰か見定めようとした。だが、茶店の奥は薄暗く、武士の顔などは良く分からなかった。

美保は、背後の武士を振り返る事もなく運ばれた茶を飲んでいた。

振り返らなくても話は出来る……。

佐助は、美保の背後にいる武士が気になった。

僅かな時が過ぎた。

美保は、茶代を置いて茶店を出た。

佐助は迷った。
美保を追うか、背後の武士が誰か見定めるか……。
美保は、来た道を戻り始めた。
汐崎藩江戸上屋敷に戻る……。
佐助はそう睨み、武士が誰か見定める事にした。
薄暗い茶店の奥から、武士が深編笠を被りながら出て来た。
顔は、深編笠に隠されて見えなかった。
深編笠の武士……。
佐助は、目黒不動に現れた裏柳生の深編笠の武士を思い出した。
同じ人物なのか……。
佐助は、立ち去って行く深編笠の武士を尾行た。

深編笠の武士は、増上寺の大門前を抜けて金杉川に架かる将監橋《しょうげんばし》に向かった。
将監橋を渡って進むと三田に出る。
深編笠の武士は、三田から白金の通りを抜けて柳生藩江戸下屋敷に行くのかもしれない。

佐助は尾行た。

深編笠の武士は、将監橋の上で不意に立ち止まって振り返った。

佐助は、咄嗟に物陰に隠れた。

深編笠の武士は歩き出した。

佐助は、物陰から出て来て将監橋に進んだ。

裏柳生を相手に迂闊な真似は命取り……。

佐助は、京之介の言葉を思い出し、背筋に寒気を覚えた。そして、将監橋の上で立ち止まった。

深編笠の武士は、悠然とした足取りで遠ざかって行く。

見覚えがある……。

佐助は、遠ざかって行く深編笠の武士の後ろ姿に見覚えがあった。

誰だ……。

佐助は、思い出そうとした。だが、思い出せないまま将監橋に佇み、深編笠の武士の遠ざかるのを見送るしかなかった。

佐助は、汐崎藩江戸上屋敷に戻り、裏門の門番に美保が戻ったかどうか尋ねた。

「ああ。島村美保さまならさっきお戻りになったぜ」

門番は告げた。

佐助の睨み通り、美保は汐崎藩江戸上屋敷に戻っていた。

美保が出掛けた目的は、飯倉神明宮に参拝する事だったのか、それとも茶店に立ち寄る事だったのか……。

佐助は、深編笠の武士の正体を見届けられなかったのが悔しかった。


「美保どのが……」

京之介は眉をひそめた。

「はい……」

佐助は、美保の動きを京之介に告げた。

「だが、背後の武士と話はしていなかったのだな……」

「はい。ですが、茶を飲む振りをして口元を隠し、話は出来ます」

「うむ。して、その武士、深編笠を被り、顔は分からなかったのか……」

「はい。ですが、ひょっとしたら目黒不動に現れた者かも……」

「かもしれぬな。何れにしろ佐助、良く尾行を思い止まったな」

京之介は、佐助を誉めた。

「はい。それにしても京之介さま、もし深編笠の武士が裏柳生でしたら、美保さまはどうして……」

佐助は眉をひそめた。

「分からぬ。佐助、暫く美保どのから眼を離すな」

京之介は、厳しい面持ちで命じた。

「はい……」

佐助は、緊張した面持ちで頷いた。

「左さま……」

侍長屋の腰高障子が小さく叩かれた。

佐助は、腰高障子を開けた。

殿の近習が佇んでいた。

佐助は、会釈をして脇に寄った。

「どうされた……」

京之介は、近習に尋ねた。

「殿がお召しにございます」

近習は告げた。


表御殿の御座之間には、殿の宗憲と江戸家老の梶原頼母が緊張した面持ちでいた。

「御刀番左京之介、お召しにより参上致しました」

京之介は、次之間に平伏した。

「京之介、構わぬ。近う寄れ」

宗憲は、気短に告げた。

「御免……」

京之介は、宗憲の前に進んだ。

「京之介、城代家老の大沢帯刀から早飛脚が届いてな。愚かな叔父が出府したそうだ」

宗憲は、腹立たしげに告げた。

藩主宗憲の叔父憲正が、汐崎藩領内の汐見屋敷から江戸に向かって出立したのだ。

「憲正さまが……」

京之介は戸惑った。

憲正は、蓮華村正の騒動を引き起こした元凶であり、京之介が髷を斬り飛ばして脅した相手だ。

「左様。憲正さま、汐崎領内を出立した日から読むと、明日の朝には高輪の大木戸に到着するだろうとの報せだ」

梶原は、苦々しい面持ちで京之介に教えた。

憲正は、性懲りもなく悪事を企む……。

京之介の勘が囁いた。

やはり、ひと思いに斬り棄てれば良かったのかもしれない。

「憲正さま、江戸に何しに……」

「知らぬ。だが、愚かな真似をしようとしているのに相違あるまい。京之介、愚か者からそれを聞き出して参れ」

宗憲は命じた。

「もし、抗《あらが》った時は……」

京之介は、宗憲を厳しく見据えた。

「どのような手立てを使っても構わぬ」

宗憲は、京之介の厳しい視線を押し返そうとした。

「それでも云わぬ時は……」

京之介は畳み掛けた。

「斬り棄てろ……」

宗憲は、苛立たしげに叫んだ。

梶原は驚き、言葉を失った。

「斬り棄てろ、ですと……」

京之介は、宗憲を疑うように見詰めた。

「そ、そうだ。如何に藩主の一族であろうと遠慮は無用。上意討ちに致せ」

宗憲は、京之介に追い詰められたように命じた。

上意討ちとは、主君の命《めい》を受けて罪人を討つ事だ。

京之介は、梶原を一瞥した。

梶原は、微かに震えながら小さく頷いた。

京之介は、梶原を立合人にして、宗憲から憲正上意討ちの言質《げんち》を取った。

「確と心得ました」

京之介は、冷笑を浮かべた。


高輪の大木戸には旅人が行き交っていた。

京之介は、大木戸の脇の茶店で憲正一行が来るのを待った。だが、憲正一行が来る気配はなかった。

既に通ったのか、それとも何らかの理由で遅くなっているのか……。

京之介は、大木戸の者や茶店の者たちにそれとなく訊いた。だが、憲正一行と思われる者たちが通った形跡はなかった。

一刻が過ぎ、昼が近付いた。

憲正一行は、やって来なかった。

京之介は、微かな焦りを覚えた。

笠を被った旅の若い女が、左脚を僅かに引き摺りながら大木戸を潜り、東海道を下って行った。

楓……。

京之介は、笠を被った旅の若い女を裏柳生のくノ一の楓と睨んだ。

左脚を僅かに引き摺って行く楓は、東海道で蓮華村正の許にそれとなく導いてくれた。

まさか……。

京之介は楓を追った。

袖ヶ浦には波が静かに打ち寄せていた。

楓は、左脚を引き摺りながら袖ヶ浦沿いの東海道を品川に向かった。

京之介は尾行た。

楓は、品川《しながわ》歩行《かち》新宿《しんじゅく》二丁目を進んだ。そして、二丁目に入って清水《しみず》横丁に曲がり、西に向かった。

楓は何処に行こうとしているのだ……。

京之介は追った。

二

汐の香りや潮騒は次第に薄れ、緑の田畑が広がり始めた。
楓は、田畑の間の道を北に進んだ。
京之介は、左脚を僅かに引き摺って行く楓の後ろ姿を見詰めて慎重に尾行た。
楓は、何処に行こうとしているのだ。
行き先には、ひょっとしたら憲正がいるのかもしれない。
京之介は、不意にそう思った。
楓は、田畑の間の田舎道を進んだ。
京之介は、楓の行き先を読もうとした。
大名屋敷が行く手に見えた。
おそらく大名家の江戸下屋敷だ。
楓は、大名家江戸下屋敷の裏側の道を尚も進んだ。

京之介は、野良仕事に励んでいる百姓に何処の大名屋敷か訊いた。

大名屋敷は、陸奥国仙台藩の江戸下屋敷だった。

このまま進むと……。

京之介は読んだ。

まさか……。

京之介は、楓の行き先に思い当たった。

田舎道の右手の先に、再び大名屋敷が見えた。

備前国岡山藩の江戸下屋敷だ。

楓は、岡山藩江戸下屋敷の南の横手の道を進んだ。

間違いない……。

京之介は、楓の行き先に気付いた。

田舎道の先には、目黒不動近くの柳生藩江戸下屋敷があるのだ。

楓は、柳生藩江戸下屋敷に行こうとしている。もし、そこに京之介を誘おうとしているのなら何故だ。

京之介は、楓の腹の内を読もうとした。

楓は、京之介が高輪の大木戸で何をしているのかを読んだ。そして、京之介が堀田憲正が来るのを待っていると気付いた。

もしそうだとすると、楓が向かっている柳生藩江戸下屋敷には、堀田憲正がいるのに他ならないのだ。

京之介は睨んだ。

堀田憲正は、高輪大木戸の手前の品川の宿で裏柳生の者と逢い、柳生藩江戸下屋敷に行ったのだ。

楓は、岡山藩江戸下屋敷の横手の道を抜けた。

緑の田畑越しに柳生藩江戸下屋敷が見えた。

楓は、柳生藩江戸下屋敷に向かって行く。

京之介は、田畑の中にある三嶋《みしま》明神の前に佇んで楓を見送った。

堀田憲正は、柳生藩江戸下屋敷にいるのだ。

京之介は知った。

憲正は裏柳生に拉致されたのか、それとも招かれて行ったのか……。

何れにしろ只事ではない。そして、招かれて行ったとしたのなら、憲正と裏柳生は手を結んだ事になる。

憲正は、汐崎藩での立場を失ったのに気付き、藩と甥で藩主の宗憲を道連れにしようとしているのかもしれない。

もし、そうだとしたなら救いようのない愚か者だ。

京之介は呆れた。

裏柳生のくノ一の楓は、憲正の行動を京之介にそれとなく教えてくれた。

それは、京之介を斃す餌にされ、仲間に殺され掛けた処を助けられたのを恩義に感じての事なのかもしれない。

田畑の緑は、吹き抜ける風に大きく揺れた。


汐崎藩江戸上屋敷の厳しい警戒は続いていた。

佐助は、美保が滞在している佐橋家をそれとなく見張っていた。

佐橋家から美保が現れ、侍長屋に向かった。

佐助は追った。

美保は、侍長屋の京之介の住む家の腰高障子を叩いた。

京之介を訪れたのだ。

佐助は、探りを入れる事にした。

「これは、美保さま……」

佐助は、美保に近付いた。

「佐助さん、京之介さまは……」

「お出掛けにございますが……」

「そうですか……」

美保は、僅かに肩を落とした。

「お言付けあれば、お伝えしますが……」

佐助は尋ねた。

「いえ。佐助さん、京之介さまはまこと蓮華村正を始末されたのですか……」

美保は、微笑みながら尋ねた。

「はい。京之介さまはそう仰っております」

「佐助さんは、始末した処を見たんですか」

「いいえ、見てはおりません」

佐助は惚けた。

「見ていないのですか……」

「はい」

「じゃあ、始末は京之介さま一人で……」

美保は眉をひそめた。

「はい。蓮華村正を何処でどう始末をしたのかは、京之介さまだけが御存知です」

佐助は告げた。

「でしたら……」

美保は、僅かに首を捻った。

京之介が、本当に蓮華村正を始末したかどうかは分からない。

「美保さま、蓮華村正がどうかしましたか……」

佐助は眉をひそめた。

「いえ。大勢の人を殺めた蓮華村正、どのように始末されたか気になりましてね」

「そうですか。ですが、京之介さまが始末された限り、最早蓮華村正、二度と汐崎藩に禍を及ぼす事はありませんよ」

佐助は笑った。

「それなら宜しいのですが……」

「美保さま、汐崎にはいつお戻りに……」

「はい。暫く奥御殿のお手伝いをしてから戻ろうかと思っております」

「そうですか……」

「佐助さん、お忙しい処、お手間を取らせました。じゃあ……」

美保は、佐助に会釈をして足早に立ち去って行った。

佐助は、素早く追った。


田畑の緑は風に揺れた。

京之介は、三嶋明神から柳生藩江戸下屋敷を見張り続けた。

柳生藩江戸下屋敷の表門が軋みをあげて開いた。

権門《けんもん》駕籠が、塗笠を被った武士たちを従えて出て来た。

憲正が乗っているのか……。

権門駕籠とは、諸大名の家臣が公用で他家に行く時に乗る駕籠だ。

京之介は、権門駕籠に乗っている者を見定めようとした。だが、駕籠の中の者を見定めるのは、無理な相談だ。

京之介は焦った。

女中らしき女が柳生藩江戸下屋敷から現れ、立ち去って行く権門駕籠と塗笠の武士たちを見送った。

楓だ……。

見送った女中らしき女は、くノ一の楓だった。

楓は、権門駕籠を見送り、京之介のいる三嶋明神を一瞥して屋敷内に消えた。

権門駕籠には堀田憲正が乗っている……。

京之介は、楓がそう報せて来たのに気付き、塗笠の武士たちに囲まれて行く権門駕籠を追った。

権門駕籠は、塗笠の武士たちに護られて白金の通りを横切り、田畑の間の田舎道を尚も西に進んだ。

京之介は、田舎道から田畑の畦道に降りて追った。

田舎道は西に向かい、やがて緩やかに北に曲がっている。

このまま進めば渋谷の広尾《ひろお》に出る。そして、傍らを流れる古川に架かる木橋を渡る……。

京之介は、田舎道の先を思い浮かべた。

田舎道の先には、汐崎藩江戸中屋敷があるのだ。

塗笠の武士たちに護られた権門駕籠は、汐崎藩江戸中屋敷に行くのだ。

憲正は、汐崎藩江戸中屋敷に入ろうとしている。

京之介は、憲正の行き先を睨んだ。

強い風が吹き、田畑の緑は激しく揺れた。


汐崎藩江戸中屋敷は、古川に架かる木橋を渡って一丁程行った処にあった。

権門駕籠を先導して来た塗笠の武士の一人が、汐崎藩江戸中屋敷の潜り戸に走って何事かを告げた。

表門は、軋みを鳴らして開いた。

権門駕籠は、塗笠の武士たちに護られて表門を潜った。

茶の宗匠の形をした男が、権門駕籠から降り立った。

頭を丸めた堀田憲正だった。

憲正は、中屋敷詰めの数少ない家来に迎えられて奥に進んだ。

堀田憲正は、奥座敷に落ち着いた。

「御前さま、此度の急な御出府、上屋敷の殿や御家老には……」

中屋敷の留守居頭《るすいがしら》の奥村惣一郎《おくむらそういちろう》は、憲正が不意にやって来たのに困惑した。

「黙れ、奥村。儂が江戸に来るのを宗憲や梶原に届ける必要があると申すか……」

憲正は怒鳴った。

「いえ。そのような……」

留守居頭の奥村は、怯え慌てて座敷から引き下がった。

憲正は、羽織を脱ぎ棄てて苛立たしげに茶をすすった。

「仏門に入り、蓮華村正によって死んでいった者の菩提を弔う約束、どうなった……」

京之介の声がした。

憲正は驚いた。

次の瞬間、京之介が次の間から現れた。

「ひ、左……」

憲正は怯み、慌てて奥座敷から逃げ出そうとした。

京之介は、奥座敷に踏み込んで逃げ出そうとする憲正を蹴飛ばした。

憲正は、壁際に倒れ込んだ。

「お、おのれ、主筋に……」

京之介は、居丈高な憲正を遮るように殴り付けた。

憲正は、無様に這い蹲《つくば》った。

京之介は、憲正の行き先が汐崎藩江戸中屋敷だと睨み、先廻りして来ていた。

「柳生の下屋敷に何用で立ち寄ったのだ」

京之介は、憲正を静かに見据えた。

憲正は、己が柳生藩江戸下屋敷に立ち寄った事を京之介が知っているのに驚き、恐怖に衝き上げられた。

「柳生の下屋敷は、柳生義堂を総帥とする裏柳生の巣窟。義堂と何を企んでいるか話して貰おう」

京之介は尋ねた。

「な、何の事だ。儂は知らぬ……」

憲正は、恐怖に喉を引き攣らせた。

「そうか。ならば惚けられたままあの世に参られるが良い」

京之介は、霞左文字の鯉口《こいぐち》を切った。

「止めろ、左……」

憲正は恐怖に震え、声を嗄らした。

「義堂と何を企んでいる……」

「義堂は、汐崎藩秘蔵の蓮華村正を使って将軍家に取り入ろうとの企てが頓挫《とんざ》した今、次は宗憲が急な病で死ぬしかあるまいと……」

憲正は、嗄れた声を引き攣らせて息を鳴らした。

「そして、その方が急遽、汐崎藩の藩主の座に就き、義堂に礼金を払うか……」

京之介は読んだ。

「わ、儂は宗憲を失脚させようとしただけだ。殺そうと云いだしたのは義堂だ。裏柳生の義堂の企てだ」

憲正は、必死に言い繕った。

最早、救い難い……。

「だが、その義堂の企てに乗ったのは誰だ」

京之介は、憲正に冷たく笑い掛けた。

「左……」

憲正は、恐怖に覆われた。

「上意……」

京之介は冷たく告げた。

憲正は、悲鳴をあげて逃げようとした。

「南無阿弥陀仏……」

京之介は、霞左文字を一閃した。

霞左文字は閃光となり、憲正の首の血脈を断ち切った。

陽差しに輝いていた障子に血が飛んだ。

憲正は、京之介を呆然と見詰めたまま斃れた。

京之介は、憲正の死を確かめて霞左文字に拭いを掛けた。そして、音もなく奥座敷から立ち去った。

斃れた憲正の首から血は流れ続けた。


「おのれ、憲正……」

堀田宗憲は、京之介から憲正上意討ちの顚末を聞いて激昂した。

「して左、裏柳生はどのようにして殿を急な病に陥れようとしているのだ」

江戸家老の梶原頼母は、緊張に言葉を震わせた。

「おそらく毒を盛るものかと……」

京之介は睨んでいた。

柳生義堂は、配下の忍びの者に命じて宗憲に毒を盛ろうとしている。

「毒か……」

梶原は眉をひそめた。

「おのれ。梶原、賄い方を始め、料理方や膳番などに裏柳生の者が入り込んでいないか厳しく調べろ」

宗憲は、梶原に厳しく命じた。

「ははっ……」

梶原は平伏した。

「それにしても京之介、憲正を上意討ちにして成敗した今、裏柳生は余に毒を盛って何の得があると申すのだ」

宗憲は、僅かに落ち着きを取り戻した。

「泰平の世にあって柳生家は、宗家も裏柳生も将軍家に軽んじられ、かつての威勢を失っております。此度は蓮華村正を確かな証として、汐崎藩に将軍家に仇なす恐れありと報せ、将軍家の信頼を取り戻そうとの企て。その企てが頓挫し、せめて金だけでもと憲正さまを利用しての企みも潰されては、裏柳生の面目が立ちませぬ……」

京之介は、裏柳生の動きを読んだ。

「ならば、面目を立てる為に余に毒を盛ると申すか……」

「裏柳生の恐ろしさを保つ為に……」

京之介は、宗憲を見据えて頷いた。

「そうか……」

宗憲は、滲み出す裏柳生への恐怖に微かに震えた。

「殿、このまま裏柳生の仕掛けを待っているだけでは埒《らち》は明きませぬ」

京之介は静かに告げた。

「ならば京之介……」

宗憲は眉をひそめた。

京之介は、不敵な笑みを浮かべた。


茶は湯気を立ち昇らせた。

「美保どのが……」

京之介は、佐助の話を聞いて眉をひそめた。

「はい。蓮華村正を始末されたのは、京之介さまお一人でかと……」

佐助は眉をひそめた。

「美保どの、蓮華村正の始末、未だ気にされているか……」

「ええ。どうも本当に始末したかどうか疑っているようにございます」

「うむ……」

「それから京之介さま、美保さまは暫く奥御殿のお手伝いをしてから汐崎にお戻りになるそうにございます」

「奥御殿の手伝い……」

京之介は眉をひそめた。

「はい……」

「佐助、どうやら私は大きな過《あやま》ちを犯していたやもしれぬ」

京之介は苦笑した。

「大きな過ちですか……」

佐助は戸惑った。

「うむ……」

京之介は、佐助の淹れてくれた茶を飲んだ。


夕餉《ゆうげ》の時が訪れた。

江戸家老梶原頼母は、賄い方、料理番、膳番など宗憲の食事に拘わる者の素性を詳しく洗い直した。だが、元々素性のはっきりしている者たちに不審な処はなかった。

宗憲の夕餉は一汁二菜で、酒は食後に嗜《たしな》んだ。

一汁二菜の毒味は、お毒味役によって徹底して行なわれた。

宗憲は、毒味された冷えた料理を黙々と食べた。そして、やはり毒味をされた酒を飲んだ。

その日の宗憲の夕餉は、何事もなく無事に終わった。だが、毒を盛るのは何も食事に仕込むとは限らない。

毒は、眠っている時にも盛れるのだ。

相手は裏柳生の忍びの者、些細な油断も命取りになる。

梶原は、目付の大貫竜之進に警固を一段と厳しくさせた。

大貫竜之進は、江戸上屋敷の奥庭や屋根にも人数を手配りし、裏柳生の忍びの者に備えた。

汐崎藩江戸上屋敷は、緊張に満ち溢れた一夜を過ごした。

翌朝、卯の刻六つ半（午前七時）、宗憲は起床し、諸肌脱ぎで顔を洗い、朝餉を取る。

朝餉は、飯と汁の他に焼味噌と豆腐ぐらいの質素なものだった。

宗憲は、質素な朝餉を終えて湯殿《ゆどの》に向かった。入浴後には髪を整え、藩医の宗方《むなかた》道斎《どうさい》の診察を受けた。

宗憲の身体に異常はなかった。

そうした宗憲の一切の世話は小姓と坊主たちがしており、裏柳生の忍びの者が入り込む隙間はなかった。

藩医の診察を終えた宗憲は、小姓に冷たい水を持って来るように命じた。

小姓は、冷たい水を仕度するように賄い方に頼んだ。

賄い方は台所に赴き、片付けをしていた女たちに冷たい水を用意するように告げた。

「では、私が……」

女たちの中にいた美保が、井戸端に出て水を汲み、柄杓《ひしゃく》で飲んで異常のないのを見定めた。

賄い方は頷いた。

美保は、ギヤマンの水壺に冷たい水を満たして賄い方に渡した。

冷たい水を入れたギヤマンの水壺は、賄い方によって小姓の許に届けられた。

「お待たせ致しました」

小姓は、湯呑茶碗に冷たい水を汲んで宗憲に差し出した。

「うむ……」

宗憲は、湯呑茶碗を受け取って飲もうとした。

「お待ち下さい」

京之介が廊下に現れた。

「おお、京之介か……」

宗憲は、冷たい水の入った湯呑茶碗を口元で止めた。

「お毒味はされましたか……」

京之介は尋ねた。

「高《たか》が水だ。汲んだ者が飲んだそうだし、毒が入っている気配も窺えぬ」

宗憲は、小姓の持っているギヤマンの水壺を示した。

「それを……」

京之介は、小姓の持っているギヤマンの水壺を受け取り、水を透かし見た。

水には、宗憲の云うように毒の入っている気配はなかった。

京之介は、ギヤマンの水壺を持って庭に降り、冷たい水を池に注いだ。

僅かな時が過ぎ、池の水面に鯉が白い腹を見せて次々に浮いた。

「毒……」

宗憲は、恐怖と怒りを交錯させた。

おそらく、毒はギヤマンの水壺に仕込まれていたのだ。

「水を用意したのは誰だ」

京之介は、厳しい面持ちで小姓に尋ねた。


台所では料理番や膳番が、忙しく昼食の仕度をしていた。

美保は、女中たちと共に膳の仕度をしていた。

京之介が、小姓と賄い方を従えて台所にやって来た。

美保は事態を察知した。そして、懐剣を抜いて己の心の臓を突き刺した。

傍にいた女中が悲鳴をあげた。

京之介は、前のめりに倒れ込んだ美保に駆け寄った。

「美保どの……」

京之介は、美保を抱き起こした。

三

美保の顔には、死相が浮かんでいた。

「殿に毒を盛ったな……」

京之介は、静かに尋ねた。

美保は、死相の浮かんだ顔に微かな笑みを滲ませた。

「それは、裏柳生の草だからか……」

京之介は、美保を見詰めた。

美保は頷いた。

「美保どの、汐崎から若衆姿で蓮華村正を運んだのは、広瀬さまの娘の志麻どのではなく、そなたなのだな」

京之介は訊いた。

美保は、微かな笑みに哀しさを交錯させた。

それは、京之介の云う事を認めた証だった。

美保たちは、志麻が裏柳生の草ではないと知れるのを恐れ、広瀬仁左衛門を殺したのだ。

目付の大貫竜之進たちが駆け付けて来た。

「左どの、殿に毒を盛ろうとしたのは……」

「己の胸を突いて自害した」

京之介は、抱き起こしていた美保を静かに寝かした。

美保は、息絶えていた。

京之介は、美保の遺体に手を合わせて台所を後にした。


宗憲毒殺は防いだ。

京之介は、美保が裏柳生の草として死んでいったのに哀しみと虚しさを感じた。

「京之介さま……」

佐助は、京之介の背後に座った。

「うむ……」

京之介は、背を向けたまま頷いた。

「美保さまが自害されたとか……」

「殿に毒を盛るのに失敗してな……」

「そうですか……」

佐助は、瞑目《めいもく》して手を合わせた。

京之介は、懐紙を咥えて霞左文字を静かに抜き放った。

霞左文字は鋭く輝いた。

京之介は、目釘抜で柄を外し、拭い紙で刀身の古い油を拭き取った。そして、打ち粉を刀身の両面に軽く打ち、拭い紙で拭き取った。

京之介は、霞左文字の刀身に変わりがないかを見定めた。

霞左文字の刃文は直刃調に小乱れが主であり、茎には〝左〟の一文字が力強く刻まれていた。そして、その裏には「筑州住霞」と記されていた。

霞左文字に変わりはない……。

京之介は、霞左文字の刀身に新しい油を薄く塗り、柄を嵌めて鞘に戻した。

「京之介さま……」

佐助は、声を微かに震わせた。

「柳生藩江戸下屋敷に行く……」

京之介は、霞左文字を手にして立ち上がった。

そこには怒りや昂《たか》ぶりはなく、静かな闘志が揺れて漂っていた。


田畑の緑は、吹き抜ける風に大きく揺れた。

柳生藩江戸下屋敷は、静けさに包まれていた。

京之介は、田舎道を柳生藩江戸下屋敷に向かった。

おそらく裏柳生の忍びの者は、既に京之介が来た事に気付いている筈だ。

京之介は、身を隠す事もなく柳生藩江戸下屋敷に近付いた。

表門が、京之介を迎えるように開いた。

踏み込めば、裏柳生の忍びの者たちが殺到する。

京之介は睨んだ。だが、構わずに進んで表門を潜った。

表門は、軋みをあげて閉まった。

最早、何があっても柳生藩の屋敷内での事であり、他藩は勿論、公儀の手も容易に及ばない。

京之介は前庭に佇み、辺りの様子を窺った。

深編笠を被った武士が、前庭に浮かぶように現れた。

京之介は対峙した。

「宗憲は死んだか……」

深編笠の武士は、くぐもった声で尋ねた。

「いいや。死んだのは裏柳生の草……」

京之介は、深編笠の武士を見詰めた。

「毒は盛れなかったか……」

深編笠の武士は、裏柳生の草が死んだと聞いても狼狽えなかった。

「左様。そして、自害して果てた……」

「正体を知られた草は死ぬしかない……」

深編笠の武士は冷たく云い放った。

「死ぬのは草だけではない……」

京之介は、不敵に云い放った。

「何……」

「蓮華村正もなく、堀田憲正も死んだ今、最早、汐崎藩に用はあるまい。早々に手を引かなければ、死ぬのは裏柳生……」

京之介は、霞左文字の柄を握り締めた。

刹那、京之介の周囲に裏柳生の忍びの者が現れ、十字手裏剣を放った。

京之介は、羽織を脱いで振り廻し、飛来する十字手裏剣を叩き落とした。そして、深編笠の武士に向かって走った。

深編笠の武士は、刀を抜いて身構えた。

次の瞬間、京之介は擦れ違い態に抜き打ちの一刀を放った。

霞左文字は閃光となり、深編笠を斬り飛ばした。

深編笠の下から現れた顔は、汐崎藩鳥見方組頭の島村甚内だった。

「甚内……」

京之介と島村甚内は、汐崎藩の学問所で机を並べた仲であり、親しく付き合っている友だった。

「京之介、美保が世話になったようだな……」

甚内は、僅かに会釈をした。

「島村家が裏柳生の草だったとは……」

京之介は、微かな淋しさを過ぎらせた。

納戸頭の広瀬仁左衛門を斬殺し、裏柳生の草に仕立て上げたのは甚内だったのだ。

「父祖代々の裏柳生の草。俺も子供の頃に父上に教えられて驚いたものだ……」

甚内は苦笑した。

「甚内……」

京之介は、甚内の苦笑に微かな哀しさを感じた。

「生まれながらの運命《さだめ》。逃れる術もなければ、逃れる気にもならなかった」

甚内は云い放ち、京之介に鋭い一刀を浴びせた。

京之介は、跳び退いて躱した。

忍びの者たちが、跳び退いた京之介に殺到した。

京之介は、霞左文字を縦横に閃かせた。

霞左文字が閃く度に血が飛び、忍びの者たちは次々に倒れた。
甚内は、指笛を短く鳴らした。
忍びの者たちは一斉に消えた。
京之介は、甚内に向き直った。
「甚内……」
「命を無駄に散らせる事もあるまい……」
甚内は、京之介に猛然と斬り掛かった。
京之介は応戦した。
踏みにじられた小石が飛び、巻き上がる風が花片《はなびら》を散らせた。
京之介と甚内は、激しく斬り結んだ。
甚内は押した。
京之介は、大きく後退りした。
甚内は、構わず押し込んで斬り立てた。
京之介は追い込まれた。
甚内は、冷たい笑みを浮かべて刀を上段に構えた。

刹那、甚内は刀を上段に構えたまま凍て付いた。そして、戸惑った面持ちで己の腹を見た。

腹には、京之介の脇差が突き刺さっていた。

「き、京之介……」

甚内は、顔を歪めて笑みを浮かべた。

京之介は、甚内の腹に突き刺した脇差を引き抜いた。

甚内は、倒れかけながらも踏み止まった。

「南無阿弥陀仏……」

京之介は呟き、袈裟懸けの一刀を甚内に浴びせた。

鮮血が飛んだ。

京之介は、残心の構えを取った。

甚内は、左肩から右脇腹に掛けて斬られて片膝をついた。

京之介は、残心の構えを解いた。

「甚内……」

「京之介……」

甚内は、嬉しげな眼で京之介を見上げた。

京之介は戸惑った。

「漸く終わった……」

甚内は、苦しげな嗄れ声を微かに弾ませて絶命した。

「甚内……」

京之介は、甚内が裏柳生の草である運命を憎んでいたのを知った。

甚内の先祖が、どのような経緯で裏柳生の草になったのかは分からない。だが、甚内が好きこのんで草になったのではないのは確かだ。

島村甚内と妹の美保は、汐崎藩に根付いた裏柳生の草として死んだ。

裏柳生……。

憎むべき相手は、裏柳生なのだ。

裏柳生の総帥である柳生義堂を斃す……。

京之介は、下屋敷を鋭く見据えた。

下屋敷は静寂に包まれていた。

おそらく忍びの者たちは、静寂に忍んで京之介を見張っている筈だ。

京之介は、油断なく辺りを見廻した。

庭に続く木戸が僅かに開いた。そして、女の姿が過ぎった。

楓……。

京之介は、過ぎった女を楓と睨んだ。

楓は、京之介を義堂の許に誘おうとしているのか……。

それは、京之介に義堂を斃させる為か、それとも義堂に京之介を斃させる為なのか……。

何れにしろ、楓の姿が過ぎった木戸を潜らなければ埒は明かない。

京之介は、僅かに開いた木戸を潜り、庭に入った。

庭に楓はいなく、人影もなかった。

屋敷の長い縁側の雨戸は閉められていた。そして、端の雨戸が一枚、まるで誘うように開いていた。

楓は、開いている端の雨戸から屋敷内に入ったのか……。

京之介は睨み、開いている端の雨戸から屋敷の中に踏み込んだ。

踏み込んだ処は、鉤《かぎ》の手に曲がっていた。

庭に面した長い縁側は暗く、一方の暗い廊下の突き当たりの壁には小さな火が灯されていた。

京之介は、小さな火の灯されている突き当たりの壁に向かって暗い廊下を進んだ。

突き当たりの壁に灯された小さな火は、微かに揺れていた。

京之介は、小さな火の揺れているのが気になり、辺りを調べた。

微かな冷風が、小さな火の灯された突き当たりの壁の脇から流れていた。

京之介は、脇の壁を調べた。

脇の壁は僅かに動いた。

隠し扉……。

京之介は、脇の壁を押した。

脇の壁が廻り、暗い廊下が現れた。

京之介は、暗い廊下を透かし見た。

暗い廊下に殺気は窺えなかった。だが、裏柳生の巣窟だ。忍びの仕掛けがあるのに決まっているのだ。

京之介は、油断なく暗い廊下に踏み込んだ。

軋みが僅かに鳴った。

京之介は立ち止まり、緊張した面持ちで廊下の様子を窺った。

廊下に変わった様子はなかった。

京之介は見定め、再び進み始めた。そして、廊下の中程に来た時、不意に左右の壁から槍が突き出された。

京之介は、咄嗟に躱して前に進んだ。

再び、壁から槍の穂先が煌めいた。

京之介は、槍の穂先の煌めきを躱して前に進んだ。

槍の穂先が次々と煌めいた。

京之介は、煌めきを躱して進み続けた。

刹那、足元の床が消え、底の見えない暗い穴が開いた。

落ちる……。

京之介は、咄嗟に暗い穴の上を跳んだ。そして、辛うじて着地し、転がるように突き当たりの扉に走った。

走る京之介の背後には、次々と槍の穂先が煌めき続けた。

京之介は、突き当たりの扉を開けて入った。


板張りの広間には、燭台の明かりが灯されていた。

京之介は、油断なく窺った。

床の間の壁が廻り、柳生笠の大きな家紋とその前に座っている白い総髪に白い髭の老人が現れた。

裏柳生の総帥柳生義堂……。

京之介は、抜き打ちの構えを取った。

「その方が汐崎藩御刀番左京之介か……」

義堂は、嗄れ声を掛けて来た。

「柳生義堂か……」

京之介は、構えを崩さず義堂を見据えた。

「左、堀田宗憲の愚かさに愛想は尽きぬか」

義堂は、意外な事を訊いて来た。

「何……」

京之介は戸惑った。

「愚かな宗憲に忠義を励んで面白いか……」

義堂は、嘲笑混じりに訊いた。

宗憲は、賢くはないが暗愚でもない。何処にでもいる気の短い若い男だ。

京之介はそう思いながらも、義堂の企みに気付いた。

惑わせ、混乱させようとしている……。

京之介は苦笑した。

「義堂、汐崎藩への手出し、これ迄として貰おう……」

「ほう。愚かな宗憲に忠義を尽くすか……」

義堂は、京之介に哀れみと蔑《さげす》みの眼を向けた。

「これ以上の手出し、己の首を締めると知れ」

京之介は告げた。

「左、下手な芝居は止めるのだな……」

義堂は、京之介の言葉を強気の芝居だと睨んだ。

「義堂、下手な芝居と思うならそれでも構わぬが、将軍家に仇なす蓮華村止、どう始末したのか知りたくはないか……」

京之介は、冷笑を浮かべた。

「蓮華村正の始末……」

義堂は、白髪眉をひそめた。

「左様。汐崎藩を窮地に追い込んだ蓮華村正の始末だ……」

「さあて、どう始末したのか……」

義堂は、微かな緊張を滲ませた。

「汐崎藩の江戸上屋敷は、柳生藩の江戸上屋敷と同じ愛宕下の大名小路……」

「左、まさか……」

義堂は、何かに気付いて不安を過ぎらせた。

「義堂、蓮華村正、柳生藩江戸上屋敷に預かって貰った」

「偽りを申すな……」

義堂は、微かな怒りを滲ませた。

「偽りと思うならそれで良い……」

京之介は突き放した。

「お、おのれ……」

義堂は、万が一の時を恐れた。

「将軍家に仇なす蓮華村正の一振り、柳生家が隠し持っていると、公儀に報せればどうなるかな……」

京之介は嘲笑った。

「何処だ。蓮華村正、上屋敷の何処に隠したのだ」

義堂は焦った。

公儀に疎まれている柳生藩が、将軍家に仇なす妖刀蓮華村正を隠し持っていたとなると只では済まない。

「義堂、裏柳生が汐崎藩に仕掛けた企み、身を以て確と味わうが良い」

京之介は、裏柳生の企みを逆手に取った。

「左、蓮華村正、上屋敷の何処にある」

義堂は、嗄れ声を震わせた。

「義堂、汐崎藩への手出し、これ迄と約束するなら公儀に報せはせぬ。だが、此のまま手出しを続ければ……」

「おのれ左京之介……」

義堂は、怒りに激しく震えた。

裏柳生の忍びの者たちが、広間の隅の暗がりに現れた。

「捕えろ。左京之介を生かして捕えろ」

義堂は、京之介を捕えて蓮華村正の隠し場所を責めて吐かせようとした。

刹那、京之介は懐から竹筒を出し、燭台の火の上に投げ、霞左文字を素早く一閃した。

竹筒が両断され、中に入っていた油が燭台の火の上に降り注いだ。

炎が燃え上がった。

忍びの者たちは怯んだ。

義堂は、燃え上がった炎越しに鎖の付いた鉤爪を放った。

鎖の付いた鉤爪は唸りをあげて飛び、京之介の脇腹を斬り裂いた。

血が飛び散った。

京之介は、激痛に思わず片膝をついた。

「消せ、火を消すのだ」

義堂は焦り、忍びの者たちに命じた。

火は激しく燃え上がりながら広がり、広間には煙が満ち溢れた。

四

火は激しく燃えた。
忍びの者たちは、広間の他に火が燃え広がるのを防ごうと消火に追われた。
大名屋敷が、公儀が一番嫌う火事を起こして厳しい咎めを受けない筈はない。
義堂と忍びの者たちは焦った。
京之介は、退き口を探そうとした。しかし、鉤爪には痺れ薬が塗ってあったのか、
京之介は足を取られた。
「こっちだ……」
楓が、囁きと共に忍び装束に身を固めて現れた。
楓……。

京之介は、必死に立ち上がった。
楓は、京之介を支えて炎と煙の奥に向かった。
燃え上がる炎と煙は、激しく渦を巻いた。
京之介は、楓に助けられながら炎と煙の奥に消え去った。

目黒川の流れは、月影を揺らしていた。
楓は、京之介を小舟に乗せて柳生藩江戸下屋敷の裏手から目黒川を下った。
裏柳生の忍びの者は、追って来なかった。
おそらく一刻も早く火を消し、燃え広がるのを防ごうとしているのだ。
柳生藩江戸下屋敷に火の手は窺えず、僅かな煙が月明かりに映えていた。
楓は、京之介を乗せた小舟を操り、目黒川を下った。
目黒川は、田畑を流れて品川の寺町の間を抜け、宿場町から袖ケ浦に繋がっている。
京之介は、楓の操る小舟に痺れる身体を横たえていた。
「痺れ薬だ。死ぬ事はない……」

楓は、竿を操り続けた。

「楓、何故、私を助ける……」

京之介は、五体に痺れが広がり、意識が薄れていくのを感じていた。

「悔しいからだ……」

楓は、怒ったように吐き棄てて船足をあげた。

「そうか、悔しいからか……」

京之介は苦笑した。

「私は楓、覚えていろ……」

京之介は、崩れ落ちた百姓家の傍らで悔しげに叫んだ楓を思い出した。

意識は遠のき、目黒川の流れる音だけしか聞こえなくなっていった。


汐崎藩江戸上屋敷の侍長屋は、緊迫感に覆われていた。

京之介は、蒲団に横たわって天井を見上げていた。

五体の痺れは薄れ、力が蘇り始めていた。

前夜、京之介は汐崎藩から手を引くように裏柳生の義堂を脅した。そして、義堂の鉤爪の痺れ薬で窮地に陥った。だが、楓に助けられて柳生藩江戸下屋敷を辛うじて脱出し、目黒川に逃れた。

覚えているのはそこ迄だった。

夜明け前、京之介は汐崎藩江戸上屋敷の表門前で気を失っているのを発見され、侍長屋に担ぎ込まれた。

気を失った京之介を汐崎藩江戸上屋敷に運んだのは、おそらく楓なのだ。

その楓は、番士や中間が京之介を見付けた時には既に消えていた。そして、京之介は侍長屋の家で意識を取り戻した。

楓が京之介を助けた事実は、既に義堂の知る処だ。

おそらく楓は、裏柳生の裏切者、抜け忍として追われる事になった筈だ。

生き延びてくれ……。

京之介は、秘かに願った。

腰高障子が小さく叩かれた。

「開いている……」

京之介は、霞左文字を手に取って戸口を見据えた。

「只今戻りました……」

佐助が、腰高障子を開けて入って来た。

「如何であった……」

京之介は、霞左文字を置いた。

「柳生藩江戸下屋敷、焦げ臭さが微かにありますが、何事もなかったかのように静まり返っています」

「そうか……」

どうやら、義堂たちは火を消し止めたようだ。

「それで帰りに、ちょいと柳生藩の上屋敷を見て来たのですが、何やら季節外れの大掃除でもしているような……」

佐助は眉をひそめた。

「季節外れの大掃除か……」

京之介は苦笑した。

義堂は、疑心暗鬼に駆られて蓮華村正を探し始めたのだ。

これで良い……。

おそらく義堂は、蓮華村正を見付ける迄は汐崎藩への手出しはしない筈だ。

蓮華村正は幾ら探しても見付からぬ……。

疑心暗鬼は、人の眼を曇らせる。

裏柳生の総帥義堂は、策謀に生きているだけに敏感に反応している。

京之介は、義堂を嘲笑った。

「京之介さま、汐崎の国許に根付いていた裏柳生の草は、島村甚内さまと美保さまだったのですね」

佐助は、吐息を洩らした。

「佐助、裏柳生の草は甚内や美保など一人一人ではなく、島村の家そのものなのだ」

「島村の家……」

佐助は眉をひそめた。

「うむ。甚内と美保、その島村の家に生まれさえしなければ、裏柳生の草などにはならなかった筈だ」

京之介は、哀しさと悔しさを覚えた。

数日が過ぎた。

京之介は、己の身辺に僅かに窺えた裏柳生の忍びの気配が消えたのに気付いた。

裏柳生の総帥義堂は、汐崎藩から漸く手を引いたのだ。

京之介は、微かな安堵を覚えた。

「京之介さま……」

佐助が、結び文を持って来た。

「うむ……」

「若いお侍が、京之介さま宛てに結び文を持って来たそうです」

佐助は、結び文を京之介に渡した。

京之介は、結び文を解いた。

「楓を助けたければ、午《うま》の刻九つ（午後十二時）、溜池《ためいけ》の馬場に来い……」

京之介は、厳しい面持ちで結び文を読んだ。

「京之介さま……」

佐助は眉をひそめた。

「どうやら、楓を人質にした果し状のようだな……」

京之介は読んだ。

「はい。若いお侍にお心当たりは……」

「心当たりか……」

蓮華村正の一件では、多くの人間を斬り棄てた。

斬り棄てた人の数だけ恨みを買っている……。

「多すぎるな……」

京之介は、淋しげな笑みを浮かべた。


午の刻九つ。

中天に昇った太陽は、溜池の水面を輝かせていた。

京之介は、溜池の傍にある馬場に踏み込んだ。

馬場に人影はなかった。

京之介は、己の身を晒して馬場を進んだ。

楓が、行く手の木陰から現れた。

「楓……」

京之介は立ち止まった。

楓に続き、抜き身を持った若い侍が木陰から現れた。

何者だ……。

京之介は、眼を凝らした。

若い侍は、左手で刀を握り締め、右手首の先を革布で丸くくるんでいた。

右の手首がないのだ。

三郎太……。

京之介は、若い侍が裏柳生の忍びの者の三郎太だと気付いた。

三郎太は、美保から蓮華村正を奪い、はぐれ忍びとして人を斬った。そして、鎌倉街道の雑木林で京之介に右の手首を両断され、蓮華村正を奪われて姿を消していた。

「三郎太……」

「左京之介……」

三郎太は、顔を醜く歪めて憎しみを露わにした。

「生きていたか……」

京之介は、三郎太が斬り飛ばされた手首の傷口を火薬で焼いて血止めをしたのを思い出した。

「お前を斬る迄は死なぬ……」

三郎太は、抜き身を左手に提《さ》げて京之介に向かって歩き出した。

「折角、生きながらえた命、無駄にするな」

京之介は、三郎太に言い聞かせた。

「黙れ……」

三郎太は、左手に握った刀を翳して京之介に飛び掛かった。

京之介は、横に跳んで躱した。

三郎太は、間合いや見切りに構わず京之介に襲い掛かった。

京之介は躱した。

三郎太は、刀を輝かせた。

まるで獣だ……。

三郎太は、刀を牙にして襲い掛かる獣だった。

京之介は、飛び掛かって来る三郎太を懸命に躱した。
己の命を棄ててでも恨みを晴らす……。
京之介は、三郎太の腹の内を読んだ。
「何処だ。蓮華村正は何処だ。俺の蓮華村正は何処にある……」
三郎太は、怒声をあげた。
狂っている……。
三郎太は、蓮華村正に狂わされているのだ。
生かしておくのは、三郎太自身を苦しめる事に他ならない。
最早、情け容赦は無用だ。
京之介は、霞左文字の鯉口を切った。
「俺の蓮華村正は何処だ……」
三郎太は刀を翳し、獣のような咆吼をあげて京之介に躍り掛かった。
刹那、京之介は霞左文字を抜き打ちに放った。
霞左文字は、閃光となって三郎太の身体を貫いた。
三郎太の腹から血が溢れた。

「お、俺の蓮華村正……」

三郎太は呆然とした面持ちになり、腹から血を流しながら京之介に向かって進んだ。

南無阿弥陀仏……。

京之介は、向かって来る三郎太を真っ向から斬り下げた。

三郎太は、額を斬られて仰向けに倒れ、眼を見ひらいたまま絶命した。

残心の時が流れた。

京之介は、残心の構えを解き、三郎太の見ひらいている眼を静かに閉じてやった。

そして、小さな吐息を洩らした。

「面倒を掛けたな……」

楓は、離れた処に佇んでいた。

「楓、礼を云うのは私の方だ……」

京之介は告げた。

「ならば、これで貸し借りなしだ……」

楓は身を翻した。

「何処に行く……」

京之介は尋ねた。

「裏柳生の抜け忍に行く当てなどない」

楓は、悔しげに告げた。

「ならば……」

「立ち止まれば見付かり、襲われる」

楓は、遮るように云い残して馬場から立ち去った。

楓……。

京之介は見送った。

溜池は陽差しに煌めいた。


綱《つな》坂は陽差しに輝き、人通りはなかった。

京之介は、会津《あいづ》藩、伊予松山《いよまつやま》藩、肥前島原《ひぜんしまばら》藩の江戸下屋敷の間にある綱坂を進んだ。そして、綱坂から三田寺丁の通りに向かった。

三田寺丁の通りの西側には旗本屋敷が並び、東側には寺が山門を連ねていた。

京之介は、通りを進んで突き当たりの三叉路を東に曲がった。そこは、両側に小さな寺の並ぶ中寺丁《なかでら》だった。

京之介は、中寺丁に並ぶ聖林寺《しょうりんじ》の古い山門を潜った。


聖林寺の狭い境内には、住職の読む経が朗々と響いていた。

京之介は、古い本堂の階を上がった。

扉の開け放たれた本堂では、住職の浄雲《じょううん》が痩せた小柄な身体に似合わない朗々とした声で経を読んでいた。

浄雲は、刀工左文字の一族であり、左文字の作った刀に斬られた者を供養する為に僧侶になっていた。

京之介は、本堂の扉の傍に座って瞑目し、浄雲の読経が終わるのを待った。

浄雲の読経は、朗々と続いた。

京之介の脳裏には、多聞新八郎、相良平蔵、堀田憲正、島村甚内、三郎太、美保など蓮華村正に拘わって死んでいった者たちの顔が次々に浮かんだ。

やがて、次々に浮かんだ顔は、浄雲の朗々とした読経に覆われて消えていった。

京之介は経に包まれた。

経と共に時が流れた。

「来ていたのか……」

京之介は、浄雲の声に眼を開けた。

読経を終えた浄雲が、白い顎髭を伸ばした顔を京之介に向けていた。

「はい……」

京之介は、浄雲に頭を下げた。

浄雲は、立ち上がって本堂の扉を閉めた。

「こっちだ……」

浄雲は、京之介を促した。

「はっ……」

京之介は、浄雲に従って祭壇の裏に入った。

祭壇に祀られた阿弥陀如来《あみだにょらい》座像の背は、大きく広いものだった。

浄雲は、阿弥陀如来座像の台座の中から蓮華村正を取り出した。

妖刀蓮華村正は、聖林寺の阿弥陀如来座像の台座の中に納められていた。

京之介は、江戸に帰った夜、聖林寺に立ち寄って浄雲に蓮華村正を預かって貰っていた。

「恐ろしい刀だな……」

浄雲は、京之介に蓮華村正を差し出した。

「はい。人を血迷わせる刀です」

「世に出してはならぬ刀。京之介、いつでも、いつ迄でも預かるぞ」

浄雲は、長い白髪眉をひそめた。

「忝のうございます」

「ならば儂はな……」

浄雲は、京之介に蓮華村正を渡して本堂から出て行った。

京之介は、蓮華村正を持って祭壇の前に戻り、息を整えて懐紙を咥えた。そして、蓮華村正を静かに抜いた。

蓮華村正は、紫色の輝きを妖しく放った。

光文社文庫

文庫書下ろし／長編時代小説
御《お》刀番《かたなばん》 左《ひだり》京之介《きょうのすけ》 妖刀始末《ようとうしまつ》
著　者　藤《ふじ》　井《い》　邦《くに》　夫《お》

2015年5月20日　初版1刷発行

発行者　鈴　木　広　和
印　刷　慶　昌　堂　印　刷
製　本　榎　本　製　本

発行所　株式会社　光　文　社
〒112-8011　東京都文京区音羽1-16-6
電話（03）5395-8149　編　集　部
8116　書籍販売部
8125　業　務　部

ISBN978-4-334-76913-0　Printed in Japan

組版　萩原印刷

お願い　光文社文庫をお読みになって、いかがでございましたか。「読後の感想」を編集部あてに、ぜひお送りください。

このほか光文社文庫では、どんな本をお読みになりましたか。これから、どういう本をご希望ですか。

どの本も、誤植がないようつとめていますが、もしお気づきの点がございましたら、お教えください。ご職業、ご年齢などもお書きそえいただければ幸いです。当社の規定により本来の目的以外に使用せず、大切に扱わせていただきます。

光文社文庫編集部

藤井邦夫

［好評既刊］

長編時代小説★文庫書下ろし

乾蔵人 隠密秘録【完結！】

(一) 彼岸花の女
(二) 田沼の置文
(三) 隠れ切支丹
(四) 河内山《こうちやま》異聞
(五) 政宗の密書
(六) 家光の陰謀
(七) 百万石遺聞
(八) 忠臣蔵秘説

評定所書役・柊左門 裏仕置

(一) 坊主金
(二) 鬼夜叉
(三) 見殺し
(四) 見聞組
(五) 始末屋
(六) 綱渡り
(七) 死に様

◇◇◇◇◇◇◇◇◇光文社時代小説文庫　好評既刊◇◇◇◇◇◇◇◇◇

薩摩スチューデント、西へ　林　望
天網恢々　林　望
孤高の若君　早見　俊
まやかし舞台　早見　俊
魔笛の君　早見　俊
悪謀討ち　早見　俊
若殿討ち　早見　俊
道具侍隠密帳　四つ巴の御用　早見　俊
でれすけ忍者　幡　大介
でれすけ忍者　江戸を駆ける　幡　大介
でれすけ忍者　雷光に慄く　幡　大介
武士道切絵図　平岩弓枝監修
武士道残月抄　平岩弓枝監修
彩四季・江戸慕情　平岩弓枝監修
雪月花・江戸景色　平岩弓枝監修
たそがれ江戸暮色　平岩弓枝監修
萩供養　平谷美樹

お化け大黒　平谷美樹
丑寅の鬼　平谷美樹
坊主金　藤井邦夫
鬼夜叉　藤井邦夫
見殺し　藤井邦夫
見聞組　藤井邦夫
始末屋　藤井邦夫
綱渡り　藤井邦夫
死に様　藤井邦夫
彼岸花の女　藤井邦夫
田沼の置文　藤井邦夫
隠れ切支丹　藤井邦夫
河内山異聞　藤井邦夫
政宗の密書　藤井邦夫
家光の陰謀　藤井邦夫
百万石遺聞　藤井邦夫
忠臣蔵秘説　藤井邦夫